마음속 댓돌

마음속 댓돌

문두흥 제4수필집

정출판

가을의 끝자락에서

지난여름 찜통더위에 지쳤으나 더위를 원망하지 않습니다.

계절의 순환이 없다면 살아 있는 모든 것들은 제대로 삶을 누릴 수가 없지요.

무더운 여름이 있었기에 서늘한 가을바람이 불어오고, 그 가을바람 속에서 이삭이 여물고 과일에 단맛이 듭니다. 사계절이 있기에 시간이 지나면 아름다운 봄, 여름, 가을, 겨울의 맛을 느낄 수 있습니다. 아름다운 이 땅에 사는 것은 커다란 복이 아닐 수 없습니다.

춥고 더움도 다 한때입니다. 완연한 가을 날씨 10월의 끝자락입니다. 들녘엔 가을이 무르익어갑니다.

수필을 쓰면서 자주 듣는 얘기가 '수필은 신변잡기일 뿐'이라 합니다. 한편 신변잡기가 없으면 인생이 너무 초라할 것 같습니다. 평범한 생활 속에서도 진실을 깨우치고, 기쁨과 슬픔을 아우를 수 있는 지혜를 지닌 사람이 즐기는 글이 수필이 아닐까 합니다. 항상 경이로운 눈으로 세상을 바라보려 합니다.

　수필을 써놓고 꽤 오래된 작품도 있어 내 품에서 떠나보내렵니다. 읽는 이에 따라 평가는 다르겠지요. 책을 내기까지 언제나 조언과 격려를 보내주신 분들께 감사드립니다.

2022년 10월 하순

勤軒 문두홍

차례

제1부_ 마음속 댓돌

제2부_ 가장 가벼운 집

제3부_ 수필을 쓰면서

제4부_ 한글의 위대함

제5부_ 노인과 어르신

제6부_ 어느 부부의 사랑과 이별

제1부

마음속 댓돌

어제의 삶이 괴로워도

뉘우침으로 밤은 짧았으나

아침엔 신발을 꿰는 새로운 시작입니다

4월 단상

봄은 2월부터 4월까지다. 삶이란 만고풍상을 겪어도 때가 되면 좋은 일이 있어야 하는데, 그러지 못할 때 이런 말을 한다. "내 인생은 잔인하다고…." 그러나 이젠 신록과 더불어 생동하는 4월. 만물의 소생과 함께 힘차게 살아갈 때다.

누가 4월을 잔인한 달이라 했던가. 1차 세계대전이 끝난 뒤 영국 시인 엘리어트가 〈황무지〉에서 "4월은 가장 잔인한 달 / 죽은 땅에서 라일락을 키워내고 / 추억과 욕정을 뒤섞고 / 잠든 뿌리를 봄비로 깨운다. / 겨울은 오히려 따뜻했다."라고 했다. 시인이 4월은 잔인한 달이라 표현하면서 유래 됐다고 한다.

지난날 4월 5일은 식목일이었다. 1950년 초등학교 고학년 때다. 식목일 전날 선생님은 집에서 학교로 나올 때 괭이를 갖고 오도록 했었다. 애월읍 수산봉 북쪽은 민둥산으로 잡목과 가시덤불이 우거졌다. 가시가 없는 틈을 골라 괭이로 30센티쯤 땅을 파고 맨 밑에 잘게 부순 흙을 넣었다. 어린 소나무를 심고 주위를 발로 단단히 밟았다. 아래 기슭에서부터 꼭대기까지 한 줄로 나란히 심었던 기억이 아직도 생생하다.

계절적으로 청명을 전후해 나무 심기에 가장 알맞다. 1946년 식목일이 제정되고 1949년 대통령령으로 〈관공서의 공휴일에 관한 건〉에 따라 이날을 식목일로 지정됐다. 예전엔 식목일은 공휴일로 쉬는 날이었다. 가족과 나무 심으러 밭으로 가거나 학교에서 단체로 묘목을 산에 심었다. 그 후 1960년 식목일이 3월 15일 '사방의 날'로 대체 지정되면서 공휴일에서 제외됐다. 하지만 공휴일 폐지 1년 만인 1961년 산림법이 제정되고 범국민 숲 조성 정책이 시행되면서, 나무 심기의 중요성이 인식돼 공휴일로 재지정되기에 이르렀다.

국립산림과학원에 따르면 도시에 조성된 나무 한 그루는 1년에 미세먼지 35.7g을 흡수할 수 있단다. 1ha의 숲은 미세먼지 46kg을 포함한 대기오염 168kg을 저감한다니 놀랍다. 공식적으로 식목 행사가 시작된 것은 1911년 조선총독부가 4월 3일을 식목일로 정했다. 이보다 앞서 신학기를 맞은 학교에서는 식목 방학으로 학생들에게 1주일 정도 나무를 심도록 기회를 줬다. 그 후 1946년도 미군정청이 4월 5일을 식목일로 제정하기에 이르렀다.

우리가 나무를 심고 숲을 가꿔야 하는 까닭을 알아야 한다. 사람은 산소를 마시고 이산화탄소를 내뱉는다. 하지만 나무는 반대다. 기공으로 오염 물질을 흡수해 광합성작용을 통해 이산화탄소를 마시고 산소를 내뱉는다. 무더운 여름날 나무 밑에 앉으면 온몸이 시원하다. 깨끗한 맑은 공기를 마시는 것은 건강에 중요하다.

나무가 많은 곳엔 바람막이가 되고 그늘이 돼 숲은 햇볕을 막아주는 역할을 한다. 홍수와 산사태를 방지하려면 산에 나무를 많이 심어야 한다. 장마 때 뿌리로 물을 흡수해 홍수를 막아주는 역할도 한다. 도심 속 기온의 상승을 막아주고, 자연히 숨 쉬는 공간이 많으면 도시의 나쁜 공기를 좋은 공기로 바꾸는 역할을 한다. 목제, 종이로 재탄생해 우리에게 필요한 자원이 되는 건 물론이다.

지구온난화에 따른 최선의 대안은 나무 심기라고 전문가들은 말한다. 최근 건조한 날씨와 부주의로 곳곳에서 크고 작은 산불이 자주 일어난다. 나무를 심는 것도 중요하지만 주변의 나무를 아끼고 보호해야 할 때다.

식목일날 정원에 상록수 한 그루 심으면 어떨까.

적극적인 삶

흐린 날씨다. 늦은 아침 제대로 정리하지 못한 책꽂이를 이리저리 뒤졌다.

빛바랜 누런 책이 눈에 들어왔다. "적극적 사고방식" 저자는 노오만·V·피일. 머리말 쪽을 열었다. 가로쓰기가 아니라 세로쓰기로 출간한 오래된 책이다. 278페이지다. 1979년 5월 1,500원 주고 서울 출장길에 골목 책방에서 샀다고 적혀졌다. 첫 줄부터 마지막 줄까지 감명 깊게 읽었던 기억이 되살아난다. 내 삶에 용기와 희망을 심어준 길라잡이다.

각자 삶의 방법은 제멋이다. 누가 뭐라 말할 수 있으랴. 그렇지만 더불어 사는 세상 바른길을 걷고 올곧게 살아야 주위가 화평하고 마음이 홀가분하다. 사람의 도리를 지키기란 쉽고도 어렵다. 주위에선 나이 들었으니 편히 쉬며 지내란다. 하지만 자신의 몸에 알맞게 꾸준히 활동해야 한다는 생각이다. 항상 정상적으로 돌아가는 기계는 녹슬지 않는 이치와 같다.

농업용 자동차가 있으나 아침에 시외버스로 아내와 동행한다. 자동차는 농장에서 꼭 써야 할 경우가 아니면 집에 둔다. 나이도 있고 운행 시 긴장되고 신경 쓰인다. 더구나 야간 운행은 피하는 편이다. 물체가 뚜렷이 보이지 않아 불안하다. 버스에서 내리면 보는 사람마다 어째서 차를 놔두고 걷느냐고 핀잔이다. 하지만 젊은이들은 등산하거나 걷기로 건강을 유지한다. 가장 기본적인 운동이 걷기다. 일정한 속도로 여유 있게 걷는다. 오르막길이다. 삼십 분 걸으면 농장에 다다른다. 하루 왕복 한 시간 걸으니 만 보는 족하다.

걷기는 특별한 기구 없이 언제 어디서나 할 수 있는 운동이다. 꾸준히 실천하면 다리와 허리의 근력이 증대되고 뼈의 밀도가 유지된다. 호흡 능률이 높아져 산소 섭취량도 증가해 심장이나 폐 기능에 도움 되고 고지혈증이나 비만, 고혈압, 당뇨병과 같은 성인 질환의 개선 효과도 있단다.

농장 규모를 일흔 중반에 축소시켰다. 살면서 자잘한 볼 일 있을 때 일에 쫓기는 경우가 이따금 생긴다. 농장에 갈까 말까 망설이는 경우가 다반사였다. 이천여 평으로 줄이니 내외가 관리하기 적당하다. 놉 빌지 않고 시비, 전정, 수확 운반하는데 알맞다. 소득 목적이 아니라 밭에서 자연과 함께 맑은 공기 마시며 스트레스를 푼다. 가볍게 일하면 일상에 활력소가 된다. 건강관리와 함께 복잡했던 머리도 시원함을 느낀다. 온갖 새소리와 풀벌레 소리에 나도 덩달아 그들과 어울려 한마음이 된다.

현직에 있을 때다. 부서별로 주어진 목표를 설정해 달성하려고 온 힘을 쏟았다. 저마다 추진 방향을 제시한다. 처음부터 적극적으로 해보려는 사람. 마지못해 따라가거나, 시작도 하기 전 사사건건 안된다며 불리한 쪽으로 유도하는 이들을 본다. 모든 일은 하기 나름 아닌가. 하면 된다는 확신의 힘은 크다. 긍정적으로 자신 있게 계속 암시하면 바라는바 이룰 수 있다. 사고방식은 마음가짐에서 나온다. 처음부터 안 된다는 부정적인 마음으로 출발하면 그렇게 되는 게 십상이다.

태도는 사실보다 중요하다. 어떤 일에 임했을 때 사실에 대한 사고방식을 자신 있게 낙관적으로 대하는 태도다. 성공할 수 있다는 모습을 암시한다. 아울러 건전한 자존심도 빼놓을 수 없다. 걱정, 증오, 불안 같은 마음을 비우는 일이다. 암시의 효과는 크다. 잘 되리라 생각하면 그렇게 된다. 부정적으로 상상한다면 그런 방향으로 흐른다. 마음의 평안을 누리려면 개인이나 친구 간의 얘기도 적극적이고 기분 좋게 대화를 나눌 일이다.

건강한 체력이 건강한 정신을 낳는다. 자연의 리듬에 맞춰 어떤 일에 몰두하고 열중하는 사람은 피로를 덜 느낀다. 올바른 행동을 한다면 잘못을 저지르는 일은 드물다. 일이 잘돼야 마음도 즐거워 여유롭다.

불행을 만드는 일은 습관적으로 소극적 태도, 원한이나 악의 증오를 버리지 못해 자기 편익 중심으로 이끌어 가는 데 있다. 고민을 벗으려면 간단히 생활하기. 남에게 베풀거나 지나친 기대를 바라지 않고 분수에 맞게 살아가는 데 있지 않을까. 마음을 비워야 세상이 올곧게 보인다.

문제를 바르게 해결하는 능력은 자신에게 있다. 일정한 계획을 세워 구체화하고 실천하는 일이다. 아침마다 눈뜨면서 자신을 믿는다고 속으로 되풀이한다. 오늘 하루 내 생명, 사랑하는 사람, 하는 일은 신의 손에 맡긴다는 각오로 시작한다. 신은 나를 도울 것이라는 긍정적인 마음을 갖는 일이다.

욕심이 넘치면 탈 난다. 과하면 부족함만 못하다. 하루만 사는 게 아니라 평생을 사는 것. 한번 만나면 반드시 헤어진다. 부모와 자식, 부부 친구 모든 세상 만물은 사라지게 된다. 어떤 일이든 항상 성공을 보장해 주지는 않으나 노력한 만큼의 성장을 약속해 준다. 세상이 주는 시련과 실패는 인내와 지혜의 선물로 다가온다.

삶이란 적극적으로 모든 일에 최선을 다하고 결과는 신의 은총에 기대한다.

제주 감귤 정책에 바란다

예부터 귤은 아주 귀하게 다뤘다. 조선 시대 임금의 진상품으로 관리할 정도였다. 1960년대부터 제주경제개발5개년계획이 시행됐다. 그래서 감귤재배가 본격화했다. 당시 감귤 나무 두 그루만 있으면 대학 등록금을 감당할 수 있어 한때 '대학나무'라 했다. 이젠 전설이 돼 버린 말이다.

당시 감귤나무만 심으면 쉽게 호주머니에 돈이 들어왔다. 1990년도까지만 해도 정부에서 도민의 농가 소득 향상을 위해, 대기업이 외국의 감귤 농축액을 수입하려면 가공용 감귤 수매실적에 따라 수입쿼터량을 배정했다. 도내는 롯데·해태 공장이 서귀포에 있었고, 서라벌은 포항까지 수송해 그곳에서 감귤 주스를 만들었다.

농민은 생산량을 늘리려고 밀식 재배를 했고 농촌지도소도 대량 생산에 온 힘을 쏟아 권장했다. 생산만 하면 고시된 가격으로 당도 구분 없이 수매했었다. 오히려 공판장에 상품으로 출하한 경락 가격이 가공용 값보다 적게 나오는 경우도 있었다. 가공용 출하 희망 농가가 늘 수밖에 없었다.

그 후 재배면적이 급격히 늘면서 과잉생산에 봉착했다. 드디어 제주도는 2004년에 한 해 감귤 폐원보상을 하기에 이르렀다. "올해 감귤원 폐원 신청 농가에 한 해 ha당 최고 3000만 원(자부담 600만원 포함) 폐원보상비를 지급하고 내년부터는 일체 폐원보상비는 없다."고 밝혔다. 그 결과 도내 노지 감귤 1500ha가 감축됐다. 앞으로 물량 위주의 감귤 정책에서 맛있는 감귤을 생산 출하하는 품질 위주의 정책으로 전환키로 했다.

매년 초 밀식된 귤나무 간벌이 대대적으로 이뤄졌다. 농·감협과 농민이 혼연일체가 돼 동참했다. 솎아내면 좋은 점이 많다. 작업이 편하다. 비료 뿌리기, 농약 살포, 운반이 훨씬 수월하다. 반면 통풍이 잘되고 햇빛을 많이 받아 당도가 높다. 잡초를 키워 지렁이 활동이 활발해 땅심을 높인다.

1970년대 심은 감귤이 50여 년에 이른다. 일부 농민은 어간에 품종 경신하거나 하우스 감귤로 교체했다. 하지만 영세농이나 노인은 여전히 노지재배다.

최근 해마다 FTA 기금은 노지 감귤재배 농가를 대상으로 한라봉이나 천혜향 만감류 하우스 쪽으로 지원하는 편이다. 노지 감귤이 문제다.

행정당국이나 감귤 생산자단체는 맛만 좋으면 잘 팔린다고 이구동성이다. 하지만 평균기온 상승에 따라 감귤재배지가 전국으로 확대되고 있다. 전라·경남도 남해안은 오히려 제주보다 일조량이 많아 맛좋은 감귤이 생산된다. 귤은 도내서 소비하는 것보다 육지로 선박 또는 항공으로 수송하는 양이 훨씬 많다. 그만큼 물류비용이 육지보다 많다. 지금 값싼 수입 오렌지가 무관세로 들어온다. 호텔, 뷔페 후식은 수입 과일이 차지한다.

　과감히 감귤 대책을 세워야 할 때다. 지난해 제주도청 감귤 담당 부서를 찾았다. 앞으로 혹시 감귤밭 폐원 계획이 없는지 물어 보았다. 한마디로 계획 없단다. 여태껏 감귤 재배하면서도 올바른 재배 의향 조사를 받은 바 없다. 노령 재배 농가에 구체적인 대책을 알리지 않고 있다. 10년이면 강산도 변한다. 노약자의 절박한 심정을 헤아려 줬으면 한다. 대대적으로 폐원한 지 16년이 흘렀다. 폐원을 바라는 80세 이상 농가에 비용만이라도 보상해 과감히 동참하도록 권장할 필요가 있다. 일제 조사 용의는 전혀 없는 건지 행정당국에 묻고 싶다. 그래야 노지재배 면적과 생산량도 감소해 일거양득 될 것 아닌가. 고민해 보기 바란다.

마파람과 하늬바람

제주의 바람을 말할 때 먼저 삼다가 떠오릅니다.

우리 집은 남쪽을 향해 언제나 먼 산을 바라봅니다. 마파람은 한라산을 기준으로 산북 지역에 늦봄부터 여름 사이에 남쪽에서 북쪽으로 불어오는 바람이지요. 습기가 많아 축축합니다. 지난날 어렸을 적 이른 봄 마파람이 여러 날 계속될 때 보리싹이 노랗게 변하면서 병해 증상이 나타났습니다. 부엌 아궁이 나뭇재를 긁어모아 가마니에 담아 짊어지고 오르막길 고개를 부리나케 걸었습니다. 그걸 보리밭에 뿌렸던 그때의 추억이 아련히 떠오릅니다. 농약이 없었기에 너나없이 당연한 것으로 여겼고 실제 그랬지요.

농어민은 일상에서 마파람과 샛바람, 하늬바람의 흐름에 신경을 곤두세웁니다. 문학을 논하는 이들은 바람의 종류를 여러 갈래로 분류해 적절히 표현합니다. 불어오는 곳에 따라 마파람, 갈바람, 하늬바람, 샛바람. 계절에 따라 건들바람, 갈바람, 꽃바람. 장소에 따라 갯바람, 강바람, 황소바람. 세기에 따라 실바람, 산들바람, 남실바람. 모양이나 느낌에 따라 소슬바람, 선들바람, 모진 바람…. 다양하게 나타냅니다. 어쩌면 인간은 바람 속에 살고 있는지도 모릅니다. 하늬바람에 곡식이 모질어 간다고 합니다. 여름이 지나 서풍이 불 때 곡식이 여물고 대가 세어진다고 하지요. 맑은 날 서쪽에서 불어오는 바람이 서늘합니다.

초등학교 다닐 무렵 늦은 봄 제사가 있었지요. 부녀자들이 정성껏 음식을 만들어 놓습니다. 낮 무렵 마파람이 불어옵니다. 모처럼 만든 제물이 맛이 가기 시작합니다. 냉장고나 선풍기도 없던 시절, 그중에서 골라 제상에 정성껏 올렸던 추억이 이따금 떠오르곤 합니다. 마파람을 원망해 본들 자연의 섭리라 도리가 없지요.

문명의 혜택을 누리지 못했던 1950년 무렵이었습니다. 자급자족으로 생활해야 하는 형편입니다. 추석을 중심으로 우마가 있는 집은 겨우내 먹일 꼴을 거둬들이는 일이 큰일로 중요시했습니다. 겨우내 마소의 양식으로 반드시 확보해야 합니다. 꼴을 베려면 하늬바람 부는 날을 고릅니다. 그런 날이 능률도 오르고 베는 족족 빠르게 말라 그 시기를 택하려고 했습니다. 대부분 집에서 목장과는 거리가 멉니다. 시간도 절약하고 조금이라도 일을 더 많이 하려고 목장에 움막을 짓고 밭에 자면서 일하다 피부병에 걸려 고생하는 분도 있었지요.

해마다 감귤꽃 필 무렵 마파람이 세차게 붑니다. 매년 삼나무 주변 감귤은 상처투성이로 언제나 파치입니다. 올해는 며칠 전 삼나무 사이마다 넓은 틈새를 나일론 그물 망사로 방풍을 꾸렸답니다. 혹여 파치가 나오지 않기를 바라는 마음에서요. 마파람은 해녀에겐 큰 고역이랍니다. 마파람이 센 날은 물이 해안가로 밀려오지 못하고 먼 바다로 밀려가는 것을 해녀들은 '물이 간다.'고 한답니다. 바닷물이 어둡고 물이 가는 날은 해녀들이 뭍 가까운 곳에 모여 물질한다네요. 물결이 먼 바다 쪽으로 흐를 때도 바다에 든 해녀들은 마파람은 칠성판 지고 넘어야 하는 줄 알면서도, 바다로 들어갑니다. 경계경보 알리는 날 쉬면 물질할 날은 별로 없답니다. 이럴 때 해녀들은 안전한 곳에서 서로 조를 짜고 작업을 하지요. 위급한 상태에 처했을 때, 혼자 해결할 수 없는 해산물을 만나면 서로 돕습니다. 작업하다가 누군가 먼저 물이 가는 것을 감지하고 "물이 갑니다." 소리치면 모두 작업을 멈추고 재빨리 뭍으로 나와야 합니다.

　최근 들어 바람이 자주 부는 해변 마을 주변에 풍력 발전기를 설치한 곳을 볼 수 있습니다. 날개는 보통 3개지요. 4~5개로 만들지 않는 까닭은 발전 효율에 있답니다. 날개가 4개 이상이면 바람을 받는 면적과 힘은 많으나 무게 관계로 효율이 떨어진다네요. 날개가 2개일 때와 3개일 때 효율은 큰 차이가 없지만 3개를 선호하는 까닭은 안정성이 높답니다. 풍력 발전기는 바람 에너지의 최대 60% 정도까지 전기로 변환할 수 있답니다. 온실가스 배출도 없고 자원이 풍부해 깨끗하고 끊임없이 재생된다는 장점까지 있어, 태양광과 함께 가장 인기 있는 대체 에너지원입니다.

　태풍으로 인해 막대한 재산과 인명 피해가 있을 때 자연 재해라 합니다. 불가항력이라 어쩔 수 없지요. 그렇지만 태풍이 한바탕 불어 바닷속까지 뒤집히면 산소가 풍부해 고기들은 먹이가 풍부합니다. 그러면 그들의 활동량이 늘어나 어부들은 해산물을 많이 잡게 되지요. 태풍이 지나면 하늘이 높고 맑듯이 우리의 마음도 깊어가고 생각이 맑아져 한층 성숙해 갑니다. 호사다마라는 말이 있듯 한쪽이 손해나면 반대편은 이득을 보게 돼 있습니다. 삶에도 태풍이 불어올 때가 있습니다. 그때는 무섭고 불안해 아프기도 하지만 삶의 성숙과정이 아닌가 싶습니다.

농부는 마파람을 멀리하려 합니다. 혼자 하늬바람만 불어오길 기대한다면 과욕입니다. 조물주는 마파람과 하늬바람을 적당히 분배합니다. 지나침은 모자람만 못하지 않을까요.

자연과 환경 문제

여름의 문턱은 5월입니다. 식물의 활동이 왕성한 시기지요. 식물은 신경과 감각이 거의 없으나 세포벽이 있습니다. 수분을 흡수해 엽록소에서 광합성작용으로 영양을 보충하며 산소를 배출하고 이산화탄소를 빨아들입니다. 뿌리, 줄기, 잎을 갖췄습니다.

인류는 과학의 발달로 하루가 다르게 문명의 혜택을 누립니다. 하지만 자연에서 얻는 혜택이 없으면 생존할 수 있을까요. 인디언들은 "대지는 인류의 어머니다."라고 합니다. 자연의 혜택을 누린다는 건 무엇과도 비교할 수 없는 은총입니다. 아인슈타인은 "벌이 사라지면 인류는 겨우 4년을 버틸 수 있다."라고 경고했습니다. 이 말은, 전체 농작물의 대부분이 꽃가루받이를 통해 생산되는 만큼 벌의 멸종은 우리에게 큰 위험이 될 수 있다는 경고의 의미입니다. 세계 식량의 90%를 차지하는 100대 주요 작물에서 71개는 야생 벌과 꿀벌의 꽃가루받이에 의존한답니다. 세계적으로 꿀벌이 급감하는 현장을 3개월 간 취재한 전문가는 "지구온난화가 꿀벌을 멸종시키는 주원인"이라고 합니다. 꽃가루받이하는 벌과 나비가 없으면 수정은 어렵습니다. 탄소동화작용이 없다면 온실가스가 넘쳐 숨 막힐 것입니다. 늪이나 강, 갯벌에서 이뤄지는 수질 정화작용이 순조롭지 않을 때 인공정화 장치에 의존할 수밖에 없지요. 숲의 역할은 탄소동화작용으로 수질을 정화시킵니다.

자연의 신비로운 다양한 서비스는 인류가 받는 최대의 생태적 편익입니다. 문제는 사람들이 생태계의 서비스에 무관심하거나 자연에 아무런 고마움을 느끼지 못하는 데 있습니다. 어머니의 보이지 않는 손이 온 집안을 감싸듯, 자연은 우리에게 많은 서비스를 베풀며 인류의 존속과 번영을 가능하게 합니다. 하지만 사람들은 감사할 뿐, 그저 그러려니 별다른 생각 없이 지냅니다. 이런 현상을 경제학 용어로 무임승차라 한답니다. 스포츠센터나 레스토랑에서 서비스를 받으려면 비용이 따릅니다. 하지만 자연에서 받는 서비스는 아무런 비용을 내지 않으려 하지요. 그렇지만 생태계는 제 기능을 수행합니다.

식물의 뿌리는 생장에 필요한 수분과 양분을 빨아들이고, 흡수된 양분과 잎에서 광합성을 통해 만들어진 양분을 저장합니다. 호흡을 통해 산소와 이산화탄소를 순환시키는 역할도 하지요. 지켜보는 이 없어도 묵묵히 일합니다. 아무리 고운 꽃이나 열매도 뿌리가 역할을 다하지 못할 때, 향기 없는 꽃이 되거나 손에 잡히는 건 알곡보다 쭉정이가 많아 기대에 못 미칩니다. 모두가 자연을 사랑하고 아껴야 하며 배반하면 재앙이 따릅니다.

급속한 산업·도시화로 공장이나 자동차에서 배출되는 물질은 토

양과 대기를 오염시키고 있습니다. 화석 원료의 과도한 사용으로 지구온난화가 심각합니다. 이로 인해 기후 변화, 해수면 상승, 사막화, 열대 산림 파괴, 생물 종 다양성 감소 같은 생태계 전반이 위기에 몰리는 실정입니다. 환경 문제는 생태계의 자정 능력의 범위를 넘어서고 있습니다. 생태계의 균형이 깨지면 생물 종의 다양성도 사라지고 파괴됩니다.

중국의 사막화와 산업화로 심화하는 황사와 산성비는 인접 국가인 동북아시아와 우리나라에 막대한 피해를 주고 있습니다. 일본의 원자력 발전소 사고로 방사능 오염은 주변 국가에 영향을 미치고 있지요. 따라서 현대의 환경 문제는 국가 간 대화와 협력 없이는 해결되기 어려운 특징을 지니고 있습니다.

세계가 함께 고민해야 할 심각한 문제가 아닌가 합니다.

삶 속의 서열과 순위

삶에서 서열의 한계를 넘기란 녹록지 않습니다.

서열이란 본인의 노력 여하에 따라 바뀌는 경우가 있지만, 순위는 타고난 숙명으로 어쩔 수 없지요. 초여름 밭에 앞·뒷날 좁씨를 뿌렸을 때 싹트는 차례가 뚜렷이 다름을 볼 수 있습니다. 식물에도 순위가 있어 어쩔 수 없는 자연의 섭리지요.

한 부모에서 태어난 형제도 차례가 있어 순위는 변함없는 진리(?)입니다. 반면 똑같은 날 직장에 입사해 내부승진 시험에 먼저 합격했을 때 동기생이라도 서열이 바뀝니다. 이는 특별한 경우입니다.

일정한 기준에 따라 순서대로 늘어서는 서열. 공직사회는 경쟁이 치열합니다. 자신이 괜찮은 대학을 나왔다고 자부하지만, 학력보다 능력이 승진의 기준으로 바뀌는 추세라 하나 꼭 그렇지도 않은 듯합니다. 일류 대학 나왔다고 학자, 교수, 판·검사, 연구원이 된다는 보장은 없지요. 그 길로 나간다는 건 상위 몇 %에 불과하거나 대부분 평범한 생활을 하는 게 현실입니다. 대학의 우열을 따지기보다 스스로 내실을 쌓는 게 현명하지 않을까 합니다.

중앙정부와 지방공무원에게 최근 취재한 내용에 따르면 100명 중 '공직사회의 인사평가제도에 대한 제도'를 묻자 61명은 '성과를 내도 보상이 충분하지 않다.' 했답니다. 과반수 공무원이 현행 인사평가제도에 만족하지 못한다는 뜻이죠. 35명만 '일한 만큼 보상이 충분하다.' 했고 4명은 무응답이랍니다.

그 이유를 묻자, 그들은 "일의 성과와 승진은 별개로 보인다고 했습니다." "개인의 성과는 평가하기 어려워 단순히 윗사람에게 잘 보이는 것만으로 평가하는 경향이 있다." 답했답니다. "보상 기준이 명확하지 않다." "공직사회에 맞는 인사평가제도 도입이 필요하다." 란 의견도 있었습니다. 민간 회사와 달리 관료사회는 여전히 동기부여가 부족해 성과가 나타나지 않는다는 뜻으로 보입니다.

이처럼 인센티브가 충분치 않아도 공직사회에서 일과 삶의 균형은 여전히 제대로 유지되는 것 같습니다. 공무원들 스스로 업무 시간을 분석해 보면 "시간당 최저임금조차 받지 못할 때가 많다고 합니다." "급여 수준도 높지 않고 승진 기회도 적다."라고 말합니다. 공무원도 일반 직장인처럼 개인의 행복을 가장 우선시하는 경향은 마찬가지지요. '삶에 무게를 두고 있는 가치는 무엇일까.'라는 질문에 '가정이나 개인의 안정.'이라는 답변이 전체의 61.2%로 많았고, '사회의 발전'은 23.5%랍니다.

전문가들은 개별 공무원의 업무 성과를 수치로 계량화해 그에 맞는 보상을 해야 한다고 주장합니다. 승진 같은 당근도 중요하나 행정 실패를 두려워하지 않고 적극적으로 일할 수 있도록, 면책이라는 안전장치를 마련해 줄 필요가 있다고 했습니다. 어느 교수는 "성과에 보수가 연동되면 누구나 일한 만큼 보상을 받을 수 있게 돼 공직사회 내부의 인사평가에 대한 만족도가 높아질 것."이라고 했답니다. 다른 조직에 비해 연공서열문화가 아직도 많이 남아 있다는 지적도 있었습니다. 대다수 응답자는 공직사회에서 인사평가는 개인의 성과보다는 연차와 서열, 상사와의 친소 관계에 따라 이뤄진다고 토로했답니다. 공무원들은 "상급자와의 인간관계가 인사평가에 미치는 영향도 큰 것 같다." 그리고 "고시 출신이냐 비고시 출신이냐에 따라 보상이 달라지기도 한다."는 얘기도 나왔다는 것입니다. 스스로 선택한 과정. 주관적 삶에 가슴 한구석이 텅 빈 듯 허할 때도 있다 하고요.

어디서부터 다시 시작해야 할까 망설여 봐도 인생은 역시 다람쥐 쳇바퀴 돌 듯 그 자리를 맴도는 것 같습니다. 계획을 세워 실천해 보려 해도 작심삼일이 되고 맙니다. 시간이 부족보다 활용에 문제가 있는 건 아닌지 생각해보게 됩니다.

처마 끝에 끈 하나 달아놓고 거꾸로 지은 벌집에서 태어난 말벌들. 이른 아침 기온이 내려갑니다. 그들은 사이를 좁혀 가며 겹겹이 몸을 포개어 세로로 포갠 채 체온을 나누며 한 덩어리가 됩니다. 아무나 아랫목을 차지하지 못하지요. 여기에도 순서가 있기 마련입니다. 살아 움직이는 모든 것에는 순위가 존재하는가 봅니다.

사람은 다섯 가지 나이가 있답니다. 시간과 함께 하는 달력의 나이. 건강 수준을 재는 생물학적 나이. 지위 서열의 나이. 대화해 보면 금방 알 수 있는 정신적 나이. 지력을 재는 지성의 나이로 구분하지요. 요즘 유행하는 신조어를 듣노라면 지난날을 되돌아보게 됩니다.

일반적으로 의전서열은 정해져 있습니다. 나라에서 정한 방침이죠. 경호의 하나로 공식서열, 비공식 서열을 정한 규정은 없으나 나라마다 관행적으로 적용하고 있답니다. 어떤 행사가 있을 때 직위에 따라 서열을 나눠 그에 따른 대우를 해 주는 것을 말합니다. 우리나라의 의전서열 10위까지 순위는 대통령, 국회의장, 대법원장, 헌법재판소장, 국무총리, 중앙선거관리위원회 위원장, 여당 대표, 야당 대표, 국회부의장, 감사원장입니다.

삶에서 어떤 조건이 행복할까. 인생의 가치를 어디에 두고 정할 것인가. 우리는 사회에서 서열에 익숙해 왔습니다. 어쨌든 논쟁보다 내공을 쌓는 게 바람직하다는 생각입니다.

서열은 노력한 만큼 받는 대가이고 순위는 어쩔 수 없는 필연이 아닐까요.

마음속 댓돌

오랜만에 고향 마을 친족 집에 볼일이 있어 찾아갔습니다.

옛 초가지붕을 보면서 지난날 추억이 새록새록 떠오릅니다. 나지막이 현무암으로 둘러싼 담장, 하얀 이끼는 세월의 무게를 말해 주듯 정적이 흐릅니다. 집채를 오르내리는 계단, 댓돌은 현무암 자연석으로 유난히 살가웠습니다. 한편 섬돌이라고도 하지요. 어렸을 적 초등학교도 다니기 전 내겐 마당에서 댓돌 사이는 무척 높게만 보였습니다.

댓돌은 집채의 낙숫물이 떨어지는 안쪽으로 마당과 난간 사이에 조금 높게 일직선으로 놓은 돌입니다. 시나브로 세월이 흐르면서 흙이 낮은 쪽으로 씻겨 갑니다. 몇 년에 한 번 댓돌 주변에 찰흙을 구해다 적당히 물을 뿌려 가며 발로 다졌던 일이 엊그제 같습니다.

집안으로 들어서려면 반드시 댓돌 위에 신발을 벗어 놓은 뒤 난간을 거쳐야 합니다. 댓돌 위에는 짚신, 검정 고무신, 흰 고무신, 운동화, 검정 구두가 옹기종기 일 열 횡대로 늘어선 모습은 마치 신발 매점을 연상케 합니다.

밭에서 날이 저물어 석양이 내려앉을 무렵 일을 끝내고 집 문간으로 들어섭니다. 댓돌 위엔 저녁 햇살에 날아가던 참새들도 머물다 쉬어가는 곳, 혹여 알곡이 있는지 두리번거리며 살피는 모습이 안온합니다. 댓돌은 애환을 알고 있는 듯 묵묵히 세월을 받아낸 낙수의 결마저 간직하고 있답니다. 가만히 들여다보노라면 고요에 듭니다. 이렇듯 자신을 돌이켜볼 때 시간이 멈춰 있는 듯한 생각이 들기도 합니다.

해가 설핏해지자 산 그림자가 마당에 내려앉습니다. 감나무 끝에 서성이던 바람이 댓돌 위로 먼 기억의 풍경들을 부려놓고 갑니다. 까마귀 소리가 여명을 깨울 때 들리던 자분자분 할머니 발걸음 소리. 보름만 지나면 풋보리를 먹을 수 있다던 말씀이 문득문득 생각납니다. 보릿고개를 넘으려는 그 말이 어려움을 이겨내는 주문인 줄 알기까지는 오랜 시간이 걸렸지요. 어머니는 집 나간 자식 흉몽이라도 꾼 날 아침 돌소금 한 줌 댓돌 주변으로 뿌려 놓으시곤 합니다. 아랫목 이불 속에 밥그릇이 따뜻해야 객지 자식도 배곯지 않는다는 믿음, 신발이 가지런해야 어디를 가든 발걸음이 어긋나지 않는다는 확신, 그것은 어머니 혼자 불변의 다짐이었습니다.

어질러진 신발들, 뒤집히기 일쑤였으나 조용히 바르게 챙겼습니다. 댓돌은 무언의 주장이라도 하듯 어떤 허물도 꺼내지 않습니다. 떠날 줄 모르는 정착의 의지가 굳건합니다. 그만큼 댓돌은 신발이 놓여야 생명을 지키는 공간입니다.

큰 건물의 댓돌은 마당에서 기단으로 오르는 계단입니다. 낮은 곳에서 높은 곳으로 오르는 것을 도와주는 디딤돌이죠. 불국사의 연화교에 디딤돌마다 연꽃이 새겨진 까닭은 그 위가 부처의 세계라는 암시입니다. 진흙에 뿌리를 내린 채 티 없이 향기를 피우고, 물 위에 잎을 펼쳐도 젖지 않는 연화처럼 청정한 세계로 걸어가라 합니다. 대웅전 문을 열면 그 위에 용 그림이 있습니다. 용은 통치자의 권위를 내보이기도 하거니와 구름을 몰고 다니는 신성한 존재로 여깁니다.

속계에 사는 서민의 집 댓돌은 조붓합니다. 장식도 없고 밋밋하죠. 화장기 없는 수수한 시골 아낙과 비슷합니다. 비록 열반을 오르는 연꽃이나 세상을 다스리는 용 문양의 돌은 아닐지라도 댓돌의 적요는 본성이 지닌 포용력에 있습니다. 울타리 허술하게 치고 사는 서민들도 정붙이고 살아가는 속내야 어찌 연화의 세계나 대궐보다 덜하겠습니까!

댓돌은 밤이면 도량의 부처님처럼 정靜합니다. 하루를 돌이키며 좋지 않은 기운은 별빛에 우려냅니다. 힘든 노동 뒤의 밥은 맛있고 잠은 깊은 법. 잠 속에서도 생의 무게에 신음하는 할머니의 숨소리마저 거둬 달빛에 씻어냅니다. 막사발의 정화수처럼. 어제의 삶이 괴로워도, 뉘우침으로 밤은 짧았으나, 아침엔 신발을 꿰는 새로운 시작입니다. 시간과 공간은 분리된 것이 아닙니다. 댓돌 위에 지난 삶이 살아 있습니다. 돌아봄과 되새김의 시간이 머무는 곳이죠. 하루의 노동을 끝낸 들뜬 걸음이든, 일용할 양식에 매인 비루한 걸음도 끝내는 댓돌에 닿아야 멋습니다.

내려간 만큼 삶의 의미를 절실하게 느끼는 바닥인지도 모릅니다. 가장 낮은 자세로 좌정해 있죠. 가족들 차례로 떠나보내고 어머니 혼자 오르내려도, 생각 속 신발만은 숫자가 줄지 않았던 댓돌입니다. 이제 어머니의 신발도 정물이 됐습니다. 걷고 걸어온 제자리. 손가락 사이로 빠져나간 시간이 그립습니다. 허허로운 날 댓돌을 상상합니다. 내 뒷모습이 보입니다. 지워지지 않는 가족들의 온기가 새겨져 있죠. 시간을 돌이키면 표정이 살아나고, 귀 기울이면 속삭임이 들려옵니다. 모가 닳은 댓돌은 일기장입니다. 칸이 부족하듯 너덜너덜한 삶의 얘기가 깨알처럼 씌어 있는지도 모릅니다.

언젠가는 하나의 정물로 들어앉을 것입니다. 그날이 언제일지 모르나 마음속의 댓돌을 조용히 쓸고 있습니다.

해마다 줄어드는 농업소득 해법

농민이 농사지으며 벌어들이는 농업소득이 매년 줄고 있다. 최근 통계청이 발표한 '2019년 농가 경제조사 결과'에 따르면 농가의 평균 농업소득은 1026만 1000원으로 전년보다 20.6%(266만원) 감소했다. 농가소득에서 농업소득의 비중은 24.9%에 불과하다.

선진국일수록 농가소득에서 농업소득이 차지하는 비중이 작아지는 것은 일반적인 추세다. 문제는 농업소득이 지난 20년 간 큰 변화 없이 1,000만 원 초반 내외의 제자리걸음이다. 농가소득에서 차지하는 비중도 빠르게 감소하는 현실이다. 1995년 세계무역기구(WTO)가 출범하면서 2000년대 여러 나라와 동시다발적인 자유무역협정(FTA) 체결로 농산물시장 개방이 본격화되는 가운데 나타난 현상이다.

현재 우리나라는 세계 56개국과 16건의 FTA를 체결해 다양한 농산물을 수입하고 있다. 전반적으로 국제경쟁력이 낮은 한국농업은 개방 피해가 적은 품목을 집중생산하고 있으나 노력한 만큼 수익은 기대에 미치지 못하고 있다. 주요국과의 FTA 체결이 본격화되면서 농산물 수입이 1999년 59억3000달러에서 2019년 276억6000달러로 4.6배 증가했다.

급격한 농산물 수입 증가로 국내산 판매가격은 오르지 않고 답보 상태에 머물러 있다. 반면 농가가 농업생산을 위해 사들이는 투입재 가격은 계속 오르고 농업 수익성은 낮은 현실이다. 이로 인해 농업소득은 1999년 1057만 수준에서 2019년 1026만 원으로 거의 변화 없는 상태다. 그간 물가상승률을 고려하면 실질농업소득은 오히려 크게 하락한 셈이다.

더 큰 문제는 앞으로 특별한 대책이 없는 한 영농활동으로 얻는 농업소득은 점점 어렵지 않을까 예상된다. 더욱이 농업수익성과 농업소득의 감소는 불가피하게 농업활동 축소로 이어질 전망이 클 것으로 우려된다. 궁극적으로 농촌경제가 피폐하면 농업활동으로 창출되는 다양한 공익적 기능과 가치도 축소될 것이 예견된다. 지속가능한 품목개발로 농업소득을 늘려야 한다.

따라서 농업소득을 증대하려면 전략마련과 정책적 추진이 필요하다. 아울러 농업인 스스로 지혜를 창출해야 한다. 정부는 농업소득 안정화를 위해 다양한 농업보험을 확충할 필요가 있다. 정부는 농업소득을 높이고자 그 지역에서 생산된 농산물을 직접 소비지에서 판매토록 권장하고 아울러 농산물 소비 확대 추진을 펼쳐야 한다. 이러한 전통적인 농업소득 안정화 증대를 위해 정책을 강화하는 것도 중요하다. 하지만 농업소득을 획기적으로 증가시키기에는 한계가 있다.

농업소득을 높이고 농업을 고부가가치 산업으로 전환하려면 무엇보다 발상의 전환과 전략적 대책 마련이 요구된다. 우리 농산물이 가정과 학교 급식 재료로 많이 사용되는 것에 만족하기보다, 최근 주목받는 다양한 산업의 원재료로 비싸게 팔릴 수 있는 새로운 품목개발과 수요 시장 개척이 필요하다. 더구나 기능성식품·펫푸드·천연물 화장품·생물의약품·친환경바이오기업의 원재료로 국산 농산물이 활발히 활용될 수 있도록 연구하고 기반을 구축하는 대책이 중요하다.

앞으로 국산 농산물이 먹거리뿐 아니라 비식용 바이오 소재로 활용되도록 새로운 유망 품목을 발굴, 수요처를 개척해 나가야 한다. 이것이 바로 농업소득을 높이고 농업을 고부가가치 산업으로 전환해 가는 길이다. 국산 농산물이 높은 가격에 다양한 산업 원재료로 널리 판매될 때 농업소득은 당연히 증대할 것이다.

평생 세 번의 행운

　서민들은 일생을 순탄하게 지내려고 한다. 하지만 삶이란 그리 녹록지 않다.

　신은 누구에게나 살아가는 동안 세 번의 기회를 준다고 한다. 그 기회는 의외로 작은 결정을 하거나 선택 과정에 숨어 있는걸 모르고 지낸다. 삶은 쉼 없이 흘러간다. 하루에도 몇 번 기회가 지나가도 그걸 알지 못한다. 목표하는 선택이 적당한 타이밍에 초점이 맞춰질 때 기회가 아닐까 싶다.

　나는 열아홉 살에 고등학교를 졸업했다. 졸업과 동시에 군에 입대하려 했으나 어머니의 만류로 포기해야만 했다. 스물두 살에 징집으로 육군에 입대하게 됐다. 삼십사 개월 강원도 철원과 김화지역을 오가며 포병으로 복무하고, 1963년 스물다섯 만기 제대하고 고향으로 돌아왔다. 앞으로 흙과 벗 삼아 평생 살아갈 생각을 하니 앞이 캄캄했다. 이 난관을 어떻게 극복해야 할지 고민이 쌓여 갈 뿐이었다.

　마을 서기로 근무하게 됐다. 1967년 7월 어느 날 북제주군농협 애월지소에 볼일이 있어 들렀다. 당시 오안수 상무가 이 달 하순 무렵 농협 제주도지부에서 4급 직원 공채가 있으니 응시해 보라며 귀띔해 줬다. 응시 자격은 고등학교 졸업 이상인 자라고 한다. 학교를 졸업한 지 십 년 지났으니 스물아홉이다. 밑져도 본전이라는 각오로 응시원서를 제출했다. 일반상식, 농업개론, 주산, 부기 과목을 고등학교 졸업 수준으로 출제한다는 정보를 얻었다. 일반상식 출제범위가 애매하다. 마침 지난해 강원도에서 농협 직원 채용 고시 출제 문제를 구할 수 있었다. 주관식 50% 객관식 50%였다. 시내 책방을 찾아 최근에 나온 일반상식 책 한 권을 샀다.

시험 당일 문제지를 받고 보니 강원도에서 출제했던 직원 채용 고시 문제가 여럿 포함돼 있었다. 공부한 범위 내에서 주관식 문제가 출제돼 행운이었다. 마음이 홀가분하다. 내가 쉽게 느끼면 남도 쉬운 것. 문제지에 빈칸 없이 성의껏 작성하고 제한 시간에 제출했다. 합격과 불합격은 종이 한 장 차이다.

응시자는 백여 명 넘을 듯했다. 9월 초순 1차 합격통지서를 등기우편으로 받았다. 필기시험 합격자는 20명이란다. 면접시험을 치른 후 최종 합격자는 15명으로 확정됐다. 내게 첫 행운이었다. 탈락자 5명은 연좌제 해당자와 대학교 재학생이었다는 것을 나중에 알았다.

근무하면서 책임자가 된다는 건 아예 포기했었다. 경영학원론, 경제학개론은 필수과목이었다. 고졸 실력으로는 꿈도 꿀 수 없을 정도로 문턱이 높았다. 그 후 응시과목이 조정되면서 선택과목으로 바뀌었다. 2급 을류 승진 고시에 합격해야만 책임자가 된다. 더구나

무더운 8월경에 전국 응시대상자는 해마다 서울 이화여고 교실에서 같은 날 동시에 시험을 치렀다. 무려 10여 년을 드나들었다.

어떤 해는 아예 포기하고 응시하지 않았을 때도 있었다. 1988년 2월 응시하지 않으려 했으나 아내가 올해 시험 치르면 합격할 행운인데 반드시 응시하라는 성화다. 아내의 권유에 따라 시험 준비하고 응시원서를 제출했다. 3월 초 합격통지를 받고 즉시 발령받았다. 종전에는 합격하고도 1년 넘게 대기하는 경우가 많았다. 올해는 책임자가 모자라 합격과 동시에 농협 제주대학교 출장소 대리로 임명받았다. 도내 6명 합격자 중 입사 동기생 몇 명과 늦깎이 합격했다. 만 30년 근무하고 1997년 6월 27일 농협 지역본부 대강당에서 정년퇴임식을 끝으로 직장을 나왔다. 그때가 쉰아홉 살이었다.

아내와 계속하던 오천여 평의 감귤 농사에 매달렸다. 가지치기, 적과. 비료 뿌리기는 놉을 빌리지 않고 수확할 때만 농장 인근에 거주하는 인부를 동원해 도움을 받았다. 요즘은 나이도 있고 이천여 평으로 규모를 줄였다. 인건비가 워낙 비싸 모든 일은 처음부터 지금까지 줄곧 아내와 같이 해결해 나간다. 늦은 나이에 농사지으며 소득을 바란다면 무리다. 마음 편히 이른 아침 동녘의 햇살을 받으며, 자연을 벗 삼아 맑은 공기 속에 아내와 올레길 걷듯 고갯길을 오르내리니 건강에도 도움 되는 듯하다.

남들처럼 골프를 치거나 낚시에 별로 관심 없는 편이다. 취미 생활 하나쯤 갖고 싶었는데 2009년 봄 우당도서관에서 수필 쓰기 수강생 모집이 있었다. 바로 수강 신청서를 제출해 동보 선생님의 수필 입문강의 과정에 발을 디뎠다. 그해 8월『한국문인』수필 부문으로 등단하게 됐다. 등단이란 통과의례에 불과하다. 앞으로 더욱 분발하라는 격려라고 생각한다. 등단 후 5~6년이 고비란다. 자만에 빠지거나 나태하기 쉬운 시기라는 것이다. 구양수의 삼다 법칙을 알면서도 실천하기란 쉽지 않다. 글쓰기에 왕도가 없고 오로지 자기 나름대로 방법을 터득해야만 한다. 아무리 잘 드는 칼도 오랫동안 쓰지 않으면 무디어 녹이 슨다.

사는 동안 신은 누구에게나 평생 세 번의 행운을 준다는 건 노력에 곱셈이 되는 것으로 덧셈은 아닐 것이다. 내겐 농협 입사, 2급 을류 승진 고시 합격, 수필가 등단 모두가 늦깎이다. 그나마 세 번의 행운을 얻은 것 같다. 앞으로 더 바라지 않으련다. 마음을 비워 자연의 소리를 들으며 보고 느낀 소재로 글을 쓰련다. 타고난 재능이 모자라 다람쥐 쳇바퀴 돌아가듯 오늘도 제자리걸음이다.

언제쯤 이 자리를 벗어날 수 있을까. 노력이 부족함을 느낀다.

제2부

가장 가벼운 집

좋은 인연이란 움켜쥐기보다 나누는 것이어야 한다

각박한 삶보다 넉넉한 인연으로 이어질 때

주위가 밝아지지 않을까.

한여름 피서는 책 읽기로

7월 중순 한여름 더위는 절정에 이른다.

농작물과 잡초도 하늘 높은 줄 모르고 무성히 자란다. 7월 7일은 소서, 16일은 초복이다. 소서는 일 년 중 본격적인 더위가 시작되는 무렵이다. 계절은 변함없이 순환한다.

사람마다 취미는 각양각색. 무더위를 피하는 대안을 찾아야 한다. 독서의 계절은 가을이라 하나 그렇지 않다는 생각이다. 이는 출판사들이 마케팅을 위해 관행적으로 만들어 놓은 상투어일 개연성이 있다. 가을은 날씨가 청명하고 휴일이 많아 그럴 수 있을지 모르나 오히려 강이나 바다 또는 들로 나선다.

시원하고 높고 푸른 하늘도 좋지만 아늑한 방에서 책을 읽는 건 어떨까 생각한다. 독서의 계절은 연중무휴다. 책을 너무 멀리해 시원한 가을에 책을 읽으라는 말이 나왔을 법도하다. 책을 읽으면 사람의 격格을 높인다.

'개천에서 용 난다.'라는 속담이 있다. 미천한 신분으로 주어진 환경이나 열악한 조건을 이겨 냄으로써 불가능에 가까운 업적을 이룬 경우다. 대성大成했음을 이르는 말이다. 하지만 이 속담도 이젠 옛말이 돼 가고 있다. 사법 고시는 법조인이 될 자격을 검정하는 시험이다. 전통의 법조인 선발 시험이 2017년 역사 속으로 사라졌다. 로스쿨·사시 출신 모두 '부유층 자녀'다. 2009년 개원했으나 지금 사회의 일각으로부터 돈스쿨, 입시전형 불공정, 현대판 음서제, 실력 저하 같은 오명의 여론 앞에 서 있다.

독서는 정신을 살찌게 한다. 자신의 품격이 높아갈 뿐 아니라 행복한 삶을 누릴 수 있는 수단이기도 하다. 이를 위해 독서의 역할이 절대적이라 생각한다.

술을 마시고 집에 가서도 빠짐없이 책을 읽는다는 분이 있다. 그와 가까이서 대화를 나눠 보면 해박한 지식에 놀란다. 대화의 폭이 종횡무진으로 지식의 깊이에 감동한다. 책은 사람이 만드나 책이 사람을 만들어낸다는 말에 공감할 수 있었다. 책 없는 삶은 생각할 수 없는 일이다. 인간은 책을 통해 지혜를 얻고 발전하는 게 아닌가.

인생의 낙 중에서 가장 흐뭇하고 창조적인 것이야말로 책을 읽는 시간이다. 양서는 마음을 살찌게 하며 고전은 내 정신을 심화시켜 인격의 세계를 풍성하게 넓혀 간다. 독서는 위대한 인물과 깊은 정신적 만남이다. 동서고금의 뛰어난 사상가나 문학가들과 정신적으로 만나는 것처럼 보람 있는 일이 또 있겠는가. 가장 좋은 책을 읽음은 영양제를 복용하는 것과 매한가지다. 어른이 돼서 읽는 책은 10대 이전의 독서만큼 강렬한 인상과 깊은 영향을 받지 못할 것이다. 다만 이 시기에 읽는 책이 성격 형성과 정신적 고양에 크게 기여하지 않을까 싶다.

봄에 좋은 씨앗을 뿌려야 가을에 풍성한 수확을 얻는다. 책 속에는 넓은 우주와 동서고금의 역사가 있고 성현의 말씀과 지혜가 숨어있다. 철학자의 사색, 문인들의 감성과 종교인의 명상으로 넘쳐난다. 우리가 수백 년 전의 위대한 스승과 만나는 길은 오직 책이다. 고인은 나를 못 보고 우리는 고인을 본다. 그래서 책을 통해 선현과 깊은 정신적 만남이 이뤄진다. 좋은 책은 감격의 원천이며 영감의 근원이라고 했다. 책을 읽을 때처럼 즐거운 시간이 없을 것이다.

문학처럼 젊은이에게 깊은 감동을 주는 것이 또 있을까. 젊은이는 술이 없어도 취한다고 괴테는 말했다. 천명을 알게 되는 50대와 귀가 열리는 이순의 60대에 접어들면서 책으로 관심이 집중된다.

책 속에 길이 있다. 옳게 읽고 바로 가자.

올바로 칭찬하기

어느 날 초저녁 친목회 모임이 있었다. 한 언론인이 화제에 올랐다. 나는 최근에 읽은 그의 칼럼을 칭찬했다. 그분의 성품이나 인격은 잘 모르나 뛰어난 글솜씨에 매료돼 감탄한 까닭이다. 한 친구가 고개를 갸우뚱하더니 그를 칭찬하는 사람보다 싫어하거나 비난하는 이가 많다는 거다. 그를 좋게 평가하는 사람은 자네가 처음이라고 한다.

나는 그분을 만나본 적도 없고 친분이 깊어 덕을 본 일이 있어서 칭찬한 건 아니다. 다른 이를 통해 그의 평가를 들었고 언행에 실망하기도 했었다. 하지만 그의 글솜씨는 탁월할 정도로 재능을 갖고 있다. 뛰어난 것은 마땅히 인정해 줘야 한다는 생각에서 얘기했을 뿐이다.

지난날 나는 어떤 사람을 보면 단점이나 숨겨진 약점 찾기에 바빴다. 마치 엑스레이 사진을 판독하는 의사처럼 상대방의 결점이 뭘까, 나쁜 점만 살폈다. 말하자면 험담이나 뒷얘기를 일삼아 왔다. 죄의식도 없이 남들이 모르는 그의 실체를 알려고 했었다. 점점 나이가 들면서 남을 평가한다는 것이 얼마나 무서운 일인가를 느끼기 시작했다.

모임에서 다른 사람을 비난하거나 약점을 늘어놓는 일이 조금씩 불안하기 시작했다. 내가 했던 말들이 침울하게 느껴졌고 그런 사실을 몰랐던 나만 바보가 되는 것만 같았다. 요즘은 물건이나 사람을 등급으로 구분한다. 학교나 직장 사회에서도 실적이나 능력을 엄정하게 구분하는 평가의 시대라 할 수 있다. 다면평가라는 이름으로 후배가 선배를, 학생이 교수를 평가한다. 그러다 보니 한 개인의 좋은 부분을 살피거나 각자의 부족한 점을 보충하기보다 나쁜 부분을 샅샅이 찾아내는 마이너스 평가가 주류를 이루는 대세다. 보고 배울 어르신이나 훌륭한 선배, 착한 후배는 찾아보기 드문 세상이 돼 가고 있다.

일본 의사 하노 오키오키가 쓴 『위대한 참견』이란 책을 보았다. 말기 암 환자를 상담하면서 느낀 감정의 글을 읽고 정신이 번쩍 들었다. "누군가를 3분 동안 칭찬할 수 있나! 누구나 3분 동안 칭찬할 수 있다. 칭찬이란 상대에 있는 것이 아니라 나에게 달린 것이다. 내가 그의 좋은 점을 발견해 줄 수 있는 자질을 갖춘 사람이냐가 중요하다. 행복한 사람이란 좋은 점을 발견하는 능력을 갖춘 사람이다."라고 했다.

돌이켜보니 남을 비난하거나 뒷얘기를 할 때는 3분이 아니라 30분까지도 떠들 수 있었다. 그리고 사랑하는 내 딸에게도 3분 이상 칭찬해 본 적이 없다. 3분이면 노래 한 곡을 부를 수 있다. 200자 원고지 6매 분량을 낭독할 수 있는 시간이다. 대통령 후보들이 앞으로 나라를 이끌 정견발표를 할 때 사회자가 마지막에 주는 시간은 1분 30초를 넘기지 않는다. 남을 칭찬하는 훈련이 필요하다. 누구에게나 칭찬해 주면 좋아한다. 칭찬은 고래도 춤춘다고 했다.

남의 좋은 점 매력적인 면을 자세히 관찰하고 찾아본다면 저절로 장점을 발견하는 능력을 키울 수 있다. 우선 아내부터 먼저 살피겠다. 여태껏 내가 모르는 그의 장점을 찾는 일이다. 될 수 있는 한 작은 일에도 화내는 습관을 먼저 고칠 생각이다. 직언이나 할 말은 앞에서 해야 하고, 칭찬이나 잘한 일은 뒤에서 말해야 하는데 요즘 세상은 그렇지 않은 추세다.

오늘의 세태는 앞에서 사탕발림하면서 뒤돌아서면 여지없이 험담과 약점을 쏟아낸다. 세상이 뒤돌아가는 듯한 느낌이다. 올바른 칭찬은 나눌수록 이웃과의 거리는 가깝고 사회는 차차 밝아 갈 것이다.

가장 가벼운 집

거미의 일생은 5월에 태어나 모진 겨울이 오기 전 11월 말경에 생을 마감합니다. 불과 7개월간의 짧은 생명이지요.

이른 아침 농약을 살포하려고 집을 나섭니다. 밤이슬이 심한 날 아침엔 거미줄에 매달린 이슬이 유리구슬처럼 더한층 영롱해 보입니다. 어쩌다 무심코 날다 운이 나빠 걸려든 작은 흰나비는 몸부림칩니다. 그물망에 걸린 나비가 요동칠수록 거미는 포승줄을 더욱더 강하게 옭아맵니다. 거미도 함께 흔들리며 조용히 때를 기다립니다. 작고 하찮게 보이던 거미의 행동이 적요의 숲을 온전히 흔들어 댑니다.

상처 입은 나비의 비명은 고요 속에 잠겨 버립니다. 여유 있는 기다림의 끝, 나비가 지칠 때까지 그는 옴짝달싹하지 않지요. 파르르 떨던 나비의 숨이 멎어야 거미는 천천히 다가갑니다. 느긋하게 여름 하늘 빈자리에서 거미줄로 생명을 지탱합니다. 생태계의 준엄한 장례식을 보면서 삶의 허무함을 느끼며 등줄기가 오싹해 옵니다. 소싯적 이른 아침 보리 베러 좁은 길을 가다 거미줄이 보이면 얼굴에 닿기 전 밀짚모자로 걷어내며 걷던 추억이 아련히 떠오릅니다.

거미줄에 걸려 버둥거리다 최후를 맞는 곤충이 애처롭습니다. 다리를 바짝 세워 거꾸로 매달려 음험한 눈빛으로 지켜보다가 걸려든 먹이를 포식하는 거미에게 적개심을 품었을 때도 있었지요. 살기 위해 밤을 지새우며 필사의 그물 짜기에 혼신을 바쳤음을 이미 알고 있습니다.

생명의 먹이사슬로 짜인 거미줄은 오묘한 자연의 섭리와 질서를 자상하게 설명할 만큼 해박한 지식이 모자랍니다. 뭇 생명의 곤충을 유인하는 거미의 행동을 의로운 행위로 본다면 그에 반박할만한 사유를 내세울 만큼 논리적이지도 못합니다.

저녁노을이 지면서 서서히 어둠에 잠길 때 거미는 작업을 시작합니다. 전날 이맘쯤 지었던 집에서 먹이를 해결한 뒤 다시 새로운 집을 짓지요. 제 몸을 풀어내 세상을 만드는 조물주의 창조 능력은 타고난 마법사와 같습니다. 가늘고 여린 발톱으로 허공에 밑그림을 그려놓고 혹여 모를 빗방울의 크기와 바람의 각도조차 놓치지 않습니다. 거미집은 또 하나의 우주입니다. 허공에 대각선을 그어놓고 신중하게 가장자리로부터 빙빙 돌리며 길을 엮어 갑니다. 앞발로는 공간을 나누고 뒷발로 길 하나씩 튕겨 붙입니다. 가히 예술가를 능가하는 거미의 기막힌 건축술은 기하학적 무늬와 정교한 각으로 햇빛에 반짝이는 집을 지어놓고, 눈 어두운 곤충들을 유혹합니다.

비가 와도 물이 그대로 새는 집, 바람 불어도 그냥 통과하는 집, 햇살이 뜨거워도 피할 수 없는 그물로 된 세상에서 가장 가벼운 집입니다. 공들여 만든 끈적한 점액질의 길은 벌레의 미세한 떨림마저 중심점으로 정확히 전달됩니다. 더구나 조물주에게 날개 대신 다리 한 쌍 더 욕심부린 죄로 좁은 길만 허락된 거미의 운명. 그 길마저 제 몸을 녹여 허공에 놓아야 하는 하늘이 내리는 형벌을 타고난 것인지도 모릅니다.

올무를 쳐 놓고 몰래 숨어 먹이를 기다리는 거미의 생존법이 좀 야속해 보이긴 해도, 살다 보면 분명 정당한 것이 아닌 줄 알지만 어쩔 수 없이 수긍해야 할 때가 한두 번이던가요. 나이 들어 가정을 꾸리면서 한세상 산다는 일이란 녹록지 않습니다. 내가 바라던 것은 거미줄처럼 얽혀 있었고, 그 중심점에 거미처럼 고독하게 붙박여 있었던 때도 있었습니다. 인연의 베틀로 촘촘히 짜놓은 의식의 망에 긴 한숨이 돼 매달리던 삶. 하찮게 이따금 부는 바람에도 간당간당 흔들릴 때도 있었지요.

거미가 해를 등지고 분주히 집 지을 때, 내 마음속 세상의 벽과 벽 사이에도 수없이 거미집이 지어지고 또 허물어집니다. 거미가 늘이는 생의 맞은편에서 그 가닥에 합류하기 위해 열망을 걸어 보기도 했답니다. 미래를 가늠하며 불안한 인연의 실을 당겨 봅니다.

후회스럽고 부끄러운 지난날들. 위장망에 먹이가 걸려들기를 기다리는 거미처럼 생존을 위해 어쩔 수 없었다는 변명으로 덮어 버릴 수 있을는지요. 거미는 몸을 풀어 선을 만들고 흔적도 없이 선을 넘나들지만 단 한 번도 줄에 걸리는 법이 없는데, 나는 그렇게 되지 않았습니다. 짜놓은 인연의 줄에 발이 걸려 번번이 넘어지기 일쑤였지요. 스스로 만든 길이었으나 나는 그 길에 아둔했답니다. 거미가 줄을 쉼 없이 만드는 것은 오로지 먹이에 대한 탐욕만은 아닐 것입니다. 거미와 그 부류의 생물들이 가지는 슬기로운 계략을 잘 알지 못합니다. 그러나 살기 위해 날마다 제 몸을 풀어내 고통까지 참아내는 거미를 어찌 비겁하고 음험한 포식자라고 비난할 수 있겠습니까.

바람처럼 가벼운 목숨일지라도 고공 낙하하며 풍요로운 뜰에 줄을 내리는 거미처럼, 중심에 서서 어떤 고통과 슬픔도 당당하게 껴안을 수 있는 배려하는 사람이 많은 세상이었으면 좋겠습니다.

명주실 풀듯 뱃속의 점액을 뽑아 허공, 바람의 길목에 매달려 있는 거미집, 때론 나무의 숨소리가 걸리기도 하고, 밤하늘에 흐르는 별똥별이 걸려들 것 같습니다. 방안 모퉁이에 틀어박힌 거미를 물끄러미 지켜볼 뿐, 어떤 말도 건네지 못합니다. 날마다 긴 빗자루로 걷어낸 마음속 거미줄에 다시 걸려, 손발도 떼지 못해 오늘따라 아뜩합니다.

나이 들수록 마음을 비우며 가장 가벼움 속의 진의眞意에 깨어나려 합니다.

단비

    단비가 내리기 전 아침에 밭으로 들어서면 먼저 텃밭 농작물에 적당히 수돗물을 준다. 저녁 집으로 올 때도 물을 흠뻑 뿌린다. 뒷날 아침 보면 언제 물 줬냐는 듯 농작물은 제자리걸음이다.

    오래간만에 기다리던 단비가 온 대지에 촉촉이 내렸다. 며칠 지나 농장 텃밭에 들어섰다. 목말라 타들어 가던 농작물이 고개를 쳐들어 생기가 돈다. 이삼일 사이에 비틀거리던 호박넝쿨이 어느새 한 뼘 정도 싱싱하게 자라고 있었다. 옥수수, 오이, 토마토, 가지도 싱글벙글 반갑다며 웃음 짓는다. 그래도 물이 부족한 것 같아 좀 더 내렸으면 하는 바람이다.

    유월도 중순에 접어들었다. 해마다 이 무렵이면 장마가 따른다. 그렇다고 홍수만 터지지 않는다. 지난날 소싯적 들었던 말이 생각난다. 초여름 밭 가는 어르신 농부의 얘기에 따르면 농작물 파종 때 계속 장마져도 마른 밭을 갈아 애먹었다고.

    농부의 심정은 농작물이 타 틀어갈 때 애타게 기다리는 건 단비다. 그들의 생명을 지켜주는 은인이다. 단비가 모이면 빗물이 된다. 그

물은 모든 생명의 근원이며, 우리의 생명이기도 하다.

상하수도 보급 덕분에 인류의 평균수명이 30년 이상 늘어났다. 그 어떤 분야보다도 인간의 생명을 구하는 물은 기여도가 높은 것으로 여긴다. 이 세상에서 가장 깨끗한 물은 빗물이란다. 사람들은 깊은 산속에서 흐르는 물은 아주 깨끗하리라 짐작한다. 그 물은 어디서 오는 것인가. 빗물이다. 그러니 빗물을 받아서 마시면 깨끗한 물을 먹는 셈이다.

우리 조상들의 빗물 관리법은 민본사상에서부터 출발하고 있었다. 지난날 제주에는 물을 구하기 위해 흐르는 빗물을 모아 두던 생활 도구로 촘항이 있었다. 샘물은 길어다가 저장해 두면 여름에는 일주일만 지나도 변질했으나, 천수天水는 받아서 석 달 이상이면 오히려 샘물 이상으로 맑고 깨끗해져 물맛이 좋아 음료수로 사용했다고 한다. 그렇다고 모든 물이 다 그렇지만은 않았다. 고인 물은 썩기 마련이기에 그 안에 개구리를 길러 식수와 썩은 물을 구분하는 지혜를 보였다. 빗물은 깨끗한 증류수와 같다.

우리나라에는 문맹이 아니라 물맹이 많다고 한다. 사람들이 물에 대해 잘 모르는 것을 문맹에 비유한 말이다. 비유나 은유는 불가능한 현실에 도전하는 강한 욕망이나 바람의 결과로 저절로 나온다. 은유는 현실을 바꾸고 싶은 욕망이 만들어낸 어법이다. 단비를 통해 시를 사랑하고 그 사랑은 다시 세상을 바꾸는 힘으로 다가온다.

물이 부족하기보다 관리를 잘못하고 있는 건 아닌지. 한 해 동안 우리나라에 내리는 빗물의 양은 대략 천삼백억 톤이란다. 그 양의

1~2%만 제대로 받아도 부족한 물을 충당할 수 있고 빗물은 받아둬도 썩지 않는다.

다랑논은 높은 곳에 만들어둔 빗물의 저장소다. 이 논은 홍수를 방지하는 역할을 할 뿐 아니라 지하수를 공급하는 중요한 기능을 한다. 또 한 논에 여러 민물고기가 살 수 있다. 논은 쌀만을 생산하는 곳이 아니다. 자연생태와 어울려 사는 지속 가능한 삶의 방식이다. 지구상의 모든 물은 빗물에서 발원한다. 우리의 쌀은 빗물로 재배한 것이다. 빗물은 홍수도 방지하고 지하수를 보충하며 환경을 살릴 뿐 아니라 쌀까지 제공해 준다.

지금까지의 물 관리는 주로 강 중심이다. 강을 막아서 댐을 만들고 그 댐을 통해서 홍수나 가뭄의 문제를 해결해 왔다. 수돗물도 강물을 정수해서 공급한다. 비는 강에만 오지 않는다. 사방 천지 어디에나 내려 강을 이룬다.

그러나 오늘 내린 빗물의 본질적 가치는 수리적 가치보다 메마른 우리 마음을 적셔준다. 감사해야 할 무형의 가치라 하겠다.

비가 촉촉이 오는 날이면 가슴이 들떠 흥분된다. 비 내리는 모양이 하얀 화선지가 먹물을 빨아들이듯 세상 모든 것들이 자신만의 색깔을 다 토해내는 모습이 신기하다. 어둡지도 밝지도 않은 세상의 조화가 여유롭다. 몸에 묻은 물기를 털어내듯 흔들거리는 나뭇가지, 차 앞 유리창에 떨어지는 빗방울을 쓸어내리는 와이퍼의 움직임도 한결같다.

사람도 단비 같은 사람이 있다. 혼자 무료함을 달랠 때 갑자기 찾아온 친구, 어쩔 줄 몰라 헤맬 때 구세주처럼 나타나 도움을 주는 이, 보고 싶어 기다릴 때 느닷없이 나타난 사람, 마음이 슬플 때 술잔을 마주하고 허공에 너털웃음을 날릴 수 있는 분, 밤새껏 쓴소리를 토해내도 다음날 넓은 마음으로 가슴을 열어주는 사람, 추위에 떨고 있을 때 난로처럼 따뜻이 안아주는 분, 곁에 있을 때 편안하게 느껴지는 사람, 무더위에 에어컨 같은 사람, 언제나 부드러운 미소를 주고받을 수 있는 사람, 항상 만나도 허물없이 농담 주고받을 수 있는 분. 이런 이들이 단비 같은 사람이 아닐까.

한때 찬란하던 옛 성터에는 이젠 단비만 쓸쓸히 남아 세월의 무상함을 말해 준다. 나를 일깨워준 고마운 단비.

나의 아호雅號에 관하여

어느 겨울날 추적추적 비 내리는 오후 오랜만에 은사님 댁을 찾았다.

그는 1957년 3월 고등학교 졸업 시까지 2년간 담임선생님으로 국어를 담당했던 분이다. 지금은 전국적으로 알려진 사학가다. 올해 88세로 요즘도 컴퓨터 자판기를 벗 삼아 글 쓴다. 선생님은 "자네 아호를 가졌나?" 내게 물었다. "아직 없습니다." 했더니 글 쓰는 이는 아호를 가져야 한다며, 아호에 관해 자세히 설명해 주셨다.

사실 아호를 지어 주는 일은 기피하는 경향이 있다. 불쑥 아무나 청하는 걸 달갑지 않게 여긴다. 내가 보기에는 아호를 쓰는 분은 예술가나 저명인사들 몫이지 평범한 사람에겐 겸연쩍을 수 있다는 생각이 들었다. 선생님은 한시도 쓴다. 여유 있을 때 아호를 지어 보겠다고 한다. 보통 호號는 자신이 짓는 자호自號와 집안 어른이나 스승이 지어 주는 아호雅號와 당호堂號가 있다고 전해 온다.

요즘 다양한 취미, 단체, 창작활동으로 교제 범위가 넓다. 상대방이 막역한 사이가 아니고는 그의 이름을 함부로 부르기 어색하다.

이런 경우 아호가 있으면 예의에 벗어나지 않고 부담 없이 부를 수 있어 생활의 지혜가 될 듯하다. 바쁜 생활 속에서 자신에게 알맞은 아호 하나쯤 지어 여유를 가져 보는 것도 삶의 활력소가 될 것 같은 생각이 들었다.

중후한 맛, 친구 사이의 우정, 사회적인 정취와 살아온 세월에 걸맞은 분위기를 생각한다면 아호 사용은 나름대로 멋이 아닐까. 아호의 아雅 글자의 뜻은 "고상함"과 "멋"을 함축한다.

아호란 남의 것과 비슷한 것을 멀리하고, 일반적인 것을 따오지 않고 세상에서 하나밖에 없는 아호를 짓는 것이 좋을 듯하다. 아호는 다른 분이 부르기 편하고 기억하기 좋아야 한다. 한자를 선택할 때는 음양오행에 맞게 지으면 복이 굴러들어 온단다, 더구나 나이가 많은 이는 말년 운에 관심을 두란다.

선조들이 아호를 즐겨 썼음은 상대방에 대한 존경과 친근감을 표현하는 하나의 정표가 아닐까. 국어사전에는 예술가들이 이름 이외에 사용하는 호칭이라 한다. 아호의 역사는 고대 중국의 영향을 받은 것으로 보인다. 종교적으로 볼 때, 불교에서는 법명, 기독교, 천주교에는 세례명. 최근에는 컴퓨터 PC 통신에 ID가 있다.

과거 어른의 이름을 존함이라 했고 함부로 부르지 않았다. 주로 양반들 계층에서 아호를 널리 사용했다. 조선 말기에 평민까지 광범위하게 사용하게 됐으나, 최근에는 유명 정치인 또는 작가, 예술인들이 주로 사용한다.

요즘 아호를 널리 사용하고 있는 곳은 바로 카페로 닉네임이 대신하고 있다. 예술인 사회는 물론 로터리 클럽, 라이온스 클럽 같은 곳은 다 내로라하는 지위를 가진 사람들이 많다. 서로 격의를 해소하려고 주로 아호를 존칭 없이 사용해 우의와 친밀감을 다져 간다.

정월 하순 무렵 제주일보 6면 교육 문화란에 "濟州漢詩鑑賞"기사가 보였다. 내용은 勤軒讚詩/元韻 作詩 南軒 金燦洽. 내용인즉 처음 나를 알게 된 동기와 인연 관계를 적었다. 그래서 성품을 잘 알기에 이 시와 글이 아무 거리낌 없이 흘러나왔단다. 출생지와 그 어간 거처와 함께 직장 생활이며 퇴직 후 농업에 종사한다는 근황을 자세히 설명하고 있었다. 마지막에 아호를 근헌勤軒으로 했다는 것이다.

신문 기사를 읽은 뒤 어느 날 선생님 댁에 찾아갔다. 그는 호를 짓는 데 하루가 걸렸다고 한다. 한시는 오언율로 무난하게 지었으니 그리 알라고 하신다. 사실 내겐 과분한 표현이 많음을 느꼈다. 남들이 보기에도 결혼식 주례가 말하듯 칭찬 일색이다. 지나침은 모자람만 못하다는 말이 있듯 아호와 행동이 같지 않으면 비웃음이 될지도 모른다. 옥죄는 듯한 기분이 든다. 기대에 어긋나지 않게 꾸준히 몸과 마음이 허락하는 한 글쓰기에 매진해야겠다.

구양수의 다독, 다작, 다상량이 떠오른다. 소설가 조정래의 『황홀한 글감옥』 47쪽에 "그건 다름이 아니라 삼다 방법입니다. 많이 읽고, 많이 쓰고, 많이 생각하라, 여러분들이 실망해서 '에계계'하는 소리가 들립니다. 이건 여러분도 알고 계실, 저 중국 시인 구양수의 구태의연한 처방법입니다. 그러나 온고지신이라고 하지 않습니까. 이 말은 바로 이런 경우를 놓고 이른 것입니다. 제 경험으로는 이보다 더 좋은 방법은 없습니다.

그런데 제가 경험한 바를 통해서 약간의 수정과 보완을 덧붙이고자 합니다. 우선 그 순서를 다독, 다상량, 다작으로 고치십시오. 그 다음으로는 노력의 시간을 효율적으로 배분하는 것입니다. 다독 4, 다상량 4, 다작 2의 비율이면 아주 좋습니다. 이미 좋다고 정평이 나 있는 작품을 많이 읽으십시오. 그다음에 읽은 시간 만큼 그 작품에 대해서 이모저모 되작되작 생각해 보십시오. 그리고 마지막 단계로 글쓰기를 시작하는 것입니다."라는 글을 남겼다.

내 아호 근헌. 아무리 봐도 모든 일에 부지런하라는 뜻이 담겼다. 일상에서 농장일, 글쓰기, 인간관계는 내 몫이다. 과욕하지 않으련다. 모든 일은 일체유심조다.

늦깎이 아호에 알맞게 안분지족의 길을 가련다.

부친의 비석과 모친의 묘소 이장

부친은 쉰둘에 세상을 뜨셨다. 그때 모친이 쉰이었다.

1946년 설을 쇠고 정월 스무사흘 똑딱선으로 이십여 명의 남성과 애월리 작은 포구에서 일본을 향해 떠났다. 열흘이 지나도 아무런 소식이 없었다. 일가 친족과 주위에선 장례식을 치르라는 말이 오갔다. 모친은 성격이 뚜렷해 끝내 치르지 않았다. 그렇지만 삼년상을 지냈다.

두 해가 지나자 4·3사건이 일어나 정든 집을 버리고 해변마을로 옮겨야만 했다. 그 무렵 식량이 모자라 먹고살기 어려운 적빈의 시기였다. 남의 집 오막살이에 살면서도 부친의 비석을 세우려고 어머니는 밭품을 팔았다. 부잣집 댓돌로 쓰는 산방산 돌을 사정해 사들였다. 장전마을 강항예姜恒禮 어른이 비석을 조각해 주셨다. 지난날 학교 지을 때 마을에 대지 559평을 기부채납하신 공로를 잊을 수 없다며 무상으로 봉사해 줬다. 그분은 세상을 떴으나 은공은 늘 마음속에 간직하고 있다.

동네 서쪽 인근 도로변에 비석을 세우려는데 마을 근처에는 안된다며 이장과 임원들의 반대가 극심했다. 마을에 지서장이 상주했고 권세는 막강했다. 한국전쟁이 치열할 무렵 셋 누나가 참례하려고 휴가 받아 집에 오셨다. 누나는 군복 차림으로 간호장교 중위 계급장을 달고 지서로 갔다. 지서장을 만나 자초지종 설명하자 세워도 좋다는 승낙을 받았다. 이장에게 얘기했더니 묵묵부답이었다.

비석 앞면에 대문자 "學生文公望念碑" 뒷면은 부친의 이력, 옆면에 "檀紀四二八四年 四月 日 室人宋氏 謹竪 住 長田 重嚴"으로 세로 쓰기였다. 모든 내용은 한자로 소문자다.

1974년경 새마을 사업이 한창일 때다. 일주도로 변에 세워진 비석이 도로 확장 구간에 포함돼 무조건 철거하란다. 보상비는 한 푼 없단다. 모친은 막막했다. 일본 큰누나에게 가정 환경을 얘기했다. 밭 400여 평과 비석, 담 쌓는 비용까지 보내 주셨다. 새로 비석을 크게 만들어 세우면서 묵은 비석을 그 밑에 묻어야 한다는 것이었다.

모친은 1990년 9월 자택에서 아흔네 살에 운명하셨다. 내 과수원에 묏자리가 있어 지관에게 보였더니 괜찮다기에 묘를 썼다. 그 후 1998년 4월 부친의 비석을 모친의 묘소 왼쪽으로 옮기면서, 옛 비석을 종전처럼 맨 밑에 묻었다. 모친을 모신 지 삼십여 년의 세월이 흘렀다.

가족묘지를 마련했다. 2007년 7월 제주시 연동산 147의 7번지 면적 843㎡ 거금을 줘 혼자 사들였다. 사촌 형님과 의논해 조부모님 묘를 2008년 2월 같은 날 이묘를 마쳤다.

그 뒤 2014년 9월 증조부와 배위 두 분, 셋 증조부와 종고從姑, 다섯 분을 같은 날 이묘를 끝냈다.

가족묘지에 조상님을 한곳에 모셨기에 부모님도 내가 더 늙기 전에 언젠가는 99곡으로 이묘해야겠다는 마음의 준비를 하고 있었다. 세상 등진 뒤 자식에게 미루는 건 도리가 아니란 생각이 들었다. 올 2월부터 이묘 계획을 세웠다. 통상 이묘는 음력 윤달에 하는 관습이 있다. 2020년 5월 23일은 음력 4월 1일 토요일로 일자를 잡았다. 요즘은 옛날과 달라 장비가 좋다. 장의사 인부 넷이 예상보다 유골 수습을 빠르게 마쳤다. 예정된 시각에 장지에 다 달았다.

지난날 모친이 단기 4284년(서기 1951년) 4월 비석 세울 때 과정은 잊을 수 없다. 춘궁기 어려웠던 시절 고생하며 동분서주하던 모습이 아직도 엊그제 일처럼 눈에 선하다. 차마 옛 비석을 땅속에 묻는 건 양심의 가책을 느꼈다. 후일 자손에게 숭조 정신을 알리고 싶었다. 그래서 옛 비석을 근처에 세웠다. 흙 속에 묻혔었다가 48년 만에 햇빛을 보게 됐다. 마음 뿌듯하다.

날씨는 바람 한 점 없이 화창해 일하기 좋았다. 열 시 무렵 부친의 비석을 세우고 왼쪽에 모친을 평장 묘로 모셨다. 혹여 가뭄이 계속되면 잔디에 피해가 있을 것 같아 그 위에 검정 망사를 덮어, 단단히 바람에 날리지 않도록 고정해 물을 흠뻑 줬다.

도 외 세 곳에 사는 아들 셋과 며느리 손자 손녀 빠짐없이 참석하도록 미리 알렸다. 매형이 올해 아흔으로 거동이 불편해도 장모님을 잊을 수 없다며 아들과 같이 참여했다. 현충원이 지근거리다. 눈감으면 현충원으로 가겠다고 자식에게 부탁해 뒀단다. 훗날 장모님을 만

날 수 있을 것 같다고 한다. 딸에게는 코로나19 관계도 있고 어린애가 둘 있어 알리지 않았다. 가족만 모여 간소하게 예를 지냈다.

우리 가족은 앞으로 세상을 뜨면 모두가 이곳으로 오게 돼 있다고 자상하게 얘기를 나눴다. 두 며느리와 손주는 처음 와 보는 곳이다. 내가 눈 감으면 아들끼리 관리하다 훗날 손자 수혁, 수호 차례가 된다고 알렸다. 앞으로 세상이 어떻게 변할지 누구도 예측할 수 없다. 시대 변화에 따라 대처하는 수밖에 없을 것이다. 훗날 손자가 성의껏 관리하리라 믿는다.

오후 한 시 무렵 온 가족이 소나무 그늘에 모여 앉아 지난날을 회상하며 추억에 잠겼다. 조상님께 항상 자손의 평안과 건강하게 지낼 수 있도록, 보살펴주시기를 마음속으로 기원하면서 천천히 발길을 옮겼다.

하늘엔 뭉게구름이 두둥실 흐른다. 발걸음이 가볍다.

블루베리 나무와의 인연

 이른 봄. 서너 해 전 흐린 한낮 제주시 오일시장에 유실수를 사려고 나섰다.

 묘목과 꽃 파는 장소를 찾았다. 매장에 온갖 꽃과 유실수가 즐비하다. 이것저것 고르는 목소리로 왁자지껄 정신없다. 상인에게 화분에 블루베리 몇 년 생을 심어야 좋을지 물어봤다. 2년생이 기르기 알맞단다. 눈여겨 살피다 크기가 똑같은 2년생 둘을 골랐다. 집에 들어서기 바쁘게 낡은 플라스틱 상자 두 개에 절반쯤 흙을 넣어 한그루씩 심어 현관 모퉁이 양지바른 곳에 뒀다. 어느 정도 뿌리를 내리자 유기질 비료를 적당히 뿌렸다. 며칠에 한 번씩 잊지 않고 흠뻑 물을 줬다.

 두 해가 지나자 4월 중순 무렵 하얀 꽃이 피었다. 똑같은 나무였으나 하나는 닥지닥지 피고 옆의 나무는 셀 수 있을 만큼 적다. 핀 꽃 모두 열매가 달렸다. 감귤나무처럼 자연 낙과할 줄 알았는데 그렇지 않다. 5월 하순부터 열매가 많이 달린 나뭇잎이 누레지면서 잎이 떨어지기 시작했고 열매 자람이 제자리걸음이다. 잎이 모자라

녹두 알 만큼 자란 뒤 더 크지 않았다. 한쪽은 적당히 달리니 나무도 싱싱해 알맹이도 굵다. 그 무렵 집집이 화분에 블루베리 나무를 심어 옥상 양지바른 쪽에서 키우는 곳이 많았다.

6월 하순 무렵 열매가 익어 간다. 어떻게 알았을까. 직박구리, 참새가 수시로 들락거린다. 익는 족족 언제나 그들과 나는 반작이다. 더불어 사는 세상. 잘 익은 열매는 먼저 보는 이가 임자다. 서로 나누는 기분이 들어 마음이 홀가분할 때도 있다. 삶에서 이해타산은 자기 잣대로만 들이대려고 한다. 아집은 순간적으로 득이 될지 모르나 지나면 후회하게 된다.

나무를 보며 명상에 잠긴다. 여러 개의 나무에서 왜 하필 두 그루가 내 손에 잡혔을까. 우연이 아닌 필연인가 싶다. 나와 동고동락하며 앞으로 어떤 운명에 놓일지 모른다. 요즘 나무에서 배운다. 과욕과 안분지족을 체험한다. 오른쪽 나무는 욕심이 지나쳐 보인다. 열매가 너무 달려 잎이 절반쯤 떨어져 단풍이 든 모습이다. 왼쪽 나무는 분수를 지켰던지 열매가 적당히 열어 나뭇잎이 촘촘하고 싱싱하다. 작은 틈만 있어도 잡초는 비집고 들어선다. 어쩌면 풀꽃인지 모르나 행복한 미소를 짓는다. 우리의 삶도 한낱 모퉁이에 피어난 하찮은 풀잎과 같은 자연 속의 일부란 생각이 든다.

나무 키우기도 정성과 노력이 필요하다. 아무렇게나 키우는 법이 없다. 삶도 이렇듯 되는 대로 살아가지 않는다. 젊었을 때 무책임하게 살다 나이 들어 힘겹게 지낸다면 어디까지나 자신의 책임이 크다. 누구에게나 잘 나갔던 시절이 있었을 것이다.

한번 사는 인생 잘 살아 보려고 할 무렵 그때 마음가짐을 올바로 지녀야 한다. 한순간의 실수는 누구나 있을 수 있다. 그 실수를 깨달아 되돌아보고 바로잡아야 바른길을 갈 수 있다.

가슴에 아픔 없는 사람 없듯 그것을 어떻게 헤쳐나가느냐는 것 또한 자기 몫이다. 누구나 자기가 지고 가는 짐이 제일 무겁다고 여긴다. 조금만 넓게 바라보면 나보다 더 어려운 사람, 더 많이 아픈 이들이 세상에 보인다. 그럴 때 내가 가진 짐이 어쩜 제일 가볍게 느낄 수 있을지도 모른다. 다른 이의 삶을 바라볼 때 그가 정말 부러울 때도 있을 것이다. 하지만 그 삶을 정작 내가 짊어진다면 그렇게 가벼울 수 있을까.

각자에겐 나름대로 어려움이 숨어 있다. 어떻게 지혜롭게 대처하느냐에 따라 체감하는 삶의 무게가 다를 수 있다. 크고 작은 일들이 자주 일어난다. 그것도 살아있기에 느낄 수 있는 또 다른 시각의 선물인지도 모른다. 항상 작은 일에 정성을 들이면 큰일도 잘 해낼 수 있다. 공부하는 것처럼 삶에도 정성과 노력이 따라야 한다. 스스로 자기 삶에 어떤 정성을 들이고 있는지 생각해 볼 일이다.

인연을 지키려면 먼저 상대를 존중하라. 그가 어떤 사람이든 고유의 인격체로 인정해 줘야 마음을 열 수 있다. 상대의 마음으로 생각해 본다. 내 마음을 전달하기 전에 그가 어떻게 받아들일까를 먼저 생각해야 한다. 꾸준한 관심이다. 일회성 관심은 무관심보다 서글프다. 잠깐 신경 쓰다 무심하면 날카로운 상처를 남긴다. 그 사람 자체에 감사하는 일이다. 곁에 있어 내 인생이 얼마나 풍부해졌는지 깨닫게 된다. 관찰하는 일. 보는 만큼 알게 되고 아는 만큼 배려할 수 있다. 자기가 상처받아 아파 봐야 다른 사람을 진심으로 배려할 수 있다. 행복한 사람만이 다른 사람에게 행복을 전할 수 있다.

인연이란 씨앗은 흙을 만나야 싹이 트고, 고기는 물을 만나야 숨을 쉰다. 사람은 사람다운 사람을 만나야 행복하고, 지렁이는 흙이 있어야 살고, 나무는 썩은 흙이 있어야 뿌리를 깊이 내린다. 이렇듯 만남이 인연의 끈으로 이어 간다. 사람은 서로 기대어 도움을 주고받으며 지낸다. 나이 들수록 사람이 더 그립고, 이웃이 최고의 자산임을 알게 된다. 인연이란 그냥 내버려 둬도 저절로 자라는 야생초가 아니다. 공들이고 시간을 들여야 비로소 향기로운 꽃을 피우는 한 포기 난초와 같다.

인연의 싹은 하늘이 준비한다. 하지만 싹을 잘 키우고 튼튼히 뿌리 내리게 하는 것은 순전히 사람이 할 일이다. 좋은 인연이란 움켜쥐기보다 나누는 것이어야 한다. 각박한 삶보다 넉넉한 인연으로 이어질 때 주위가 밝아지지 않을까.

돌연변이

이른 아침부터 장맛비가 소리 없이 내립니다. 창가에 앉아 무심히 문주란 꽃대를 바라보다 문득 지난날이 아스라이 떠오릅니다. 명상에 잠겨 봅니다.

1950년대는 재래식 농사짓기였습니다. 밭갈이, 무거운 등짐은 오직 힘이 따라야 했지요. 6월 중·하순 여름 농사로 조를 파종합니다. 라디오도 없었으니 일기는 예측할 수 없어 오로지 속담에서 얘기하는 날씨를 믿고 적당한 날을 택해 씨를 뿌립니다. 제주시 서쪽 지역은 화산회토로 성질이 찰기가 없고 푸석해 철분이 많이 함유된 토지입니다. 파종하면서 뒤따라 여러 마리의 말이나 소를 이끌고 땅을 단단히 다졌습니다. 파종 후 4~5일 날이 좋으면 다행이지만 저녁이나 뒷날 비 오면 잡초가 많이 나옵니다. 잘못되면 재파종하거나 부득이 메밀을 갈게 됩니다.

10월 하순 무렵 조가 익으면 베기 시작하지요. 보리는 설익은 때 베고 조는 잘 익혀서 베어야 한다고 전해 옵니다. 추측으로 보릿대는 마디가 약해 부러지기 쉬워 익을 무렵 빨리 서두르라는 뜻이 아닐까 싶습니다. 똑같은 종자를 파종했어도 어떤 조는 익을 무렵 특이하게 알맹이가 굵고 이삭이 큰 것을 볼 수 있습니다. 베기 전날 망태를 메고 온 밭을 다니며 돌연변이종을 하나씩 고릅니다. 그 이삭은 잘 보관 했다가 이듬해 종자로 씁니다.

우리 집은 4·3 사건이 일어나면서 강제로 산간 마을에서 해변 마을로 이사해야 했습니다. 그래서 집에서 밭과의 거리가 더욱 멀어졌습니다. 곡식이 모자라 남의 밭을 병작했지요. 그 수확물을 땅주인과 똑같이 나누어 가지는 방식입니다. 우리는 놉을 빌려 밭을 갈아 씨뿌리고 거름 줘 김매고 수확한 후 절반씩 나눠 가집니다. 그때의 생각엔 지주의 욕심이 지나치지 않았나 싶었습니다. 지금 돌이켜 보면 병작을 바라는 농민이 많았으니 당연히 그랬으리라 짐작이 갑니다. 살기 위한 몸부림이었으니까요.

가난한 시절 흉년에 굶어 돌아가신 여인의 집안을 정리하다, 그의 베개 속에 다음 해 파종할 조 종자가 있었다는 얘기가 전해 옵니다. 마음 한구석이 짠합니다. ᄌᆞ냥 정신이 몸에 배었을까요. 혹여 내년을 기약하는 희망을 버리지 못했을 것입니다.

이런 얘기를 하는 이를 구닥다리라거나 아날로그 시대 사람이라고 나무랄지 모릅니다. 어린이는 자라며 학교에서 역사를 배웁니다. 지난날 어렵게 지냈던 삶의 과정도 알아야 생활에 도움 되리라 봅니다. 가방끈 짧은 이는 독서를 통해 온고지신의 지혜를 터득합니다. 과거를 알아야 잘잘못을 가려 바른길로 나아가는 게 인간의 도리라는 생각입니다.

돌연변이는 동·식물이나 인간에게도 적용되지 않나 싶습니다. 머리가 뛰어나 공부 잘하는 학생을 볼 수 있습니다. 그는 남과 같이 뛰놀고 잘 어울립니다. 놀 때 놀고 공부할 때 공부합니다. 그렇다고 책상 앞에서 오랜 시간 머무르지 않습니다. 남들처럼 평범하지 않으므로 천재라 불렀으니 돌연변이가 아닐까요. 천재와 둔재는 백지 한 장(?) 차이랍니다.

다윈의 진화론 이후 생물학자들의 큰 의문점은 유전의 문제입니다. 부모의 생식세포 안에 존재하는 성격만이 후손에게 유전될 뿐, 후천적으로 형성된 부모의 성격은 유전되지 않는다고 합니다. 하지만 학자마다 견해가 달라 아리송합니다.

산에 오르다 우연히 연리목을 볼 수 있습니다. 연리목은 소나무끼리 잘 형성됩니다. 이는 가까이 있는 두 나무가 맞닿아 있는 상태에서 생겨납니다. 맞닿은 부분에 상처가 생겨 스스로 치유하기 위해 피톤치드나 진액을 배출하는데, 그 과정에서 맞닿은 부분이 점점 굳어져서 하나의 줄기처럼 변환된 것입니다. 두 나무의 종류가 같아야 같은 성분이 나와 연리지가 됩니다.

연리근은 서로 다른 나무에서 가지가 엉키거나 맞붙어 자라서 마치 한 나무처럼 보이는 현상입니다. 이는 서로 다른 나무지만 붙어 있는 모습을 보고 연인들의 사랑으로 비유합니다. 제주시 절물자연휴양림 장생의 숲길 산책로 $6km$ 지점에 고로쇠나무와 산벚나무가 살을 맞댄 돌연변이 연리근이 최근 탐방객들의 입소문을 타고 있답니다. 연인과 부부끼리 사진 촬영 명소로 인기가 높다고 하네요. 약

20m 높이로 수령은 최소 7, 80년으로 추정된답니다.

최근 들어 돌연변이 코로나19 바이러스로 온 세계가 떠들썩합니다. 두려워하거나 위축되지 않아도 됩니다.

바이러스와의 전쟁. 답은 면역력에 있지 않을까요.

양보의 미덕

농장으로 가는 길은 버스를 타야 한다. 집에서 아내와 천천히 걸어도 20여 분이면 시외버스 터미널에 다다른다. 대기실이 평소와 달리 조용하다. 아내와 동시에 시외버스에 올랐다. 첫 버스라 그런지 손님이 별로 없어 한산하다. 냉방이 잘돼 차 안이 시원한 느낌이든다. 기사는 출발시간을 어김없이 지킨다. 버스는 5일 시장을 지나면서 정류소에서 버스를 기다리던 사람들이 바쁘게 오른다. 학생이나 일터로 나가는 부녀자들이 대부분이다. 외도 마을쯤 지나면 빈좌석이 보이지 않는다. 출발지에서 40여 분 지나면 고향 마을 정류소에 내린다.

이제부터 걷기 시작한다. 계속 오르막길이다. 요즘 들어 아내와 나란히 걸어도 항상 뒤따라가는 편이다. 마음으론 빨리 걷고 싶으나 그렇지 못한다. 나이 탓이라 하기엔 아직은 이른 것 같다는 생각이 든다. 들녘엔 옥수수, 수박, 기장밭이 대부분이다. 부지런히 걸어야 20분이면 농장에 도착한다. 러닝셔츠는 땀으로 흠뻑 젖어 몸에 달라붙었다. 다른 옷으로 갈아입고 삼나무 그늘에 한참 앉아 맑은 공기를 마시며 땀 들인다.

감귤나무도 40여 년 지났으니 수명이 한계에 이른 것 같다. 해마다 죽어가는 나무가 늘어 간다. 나무가 있어야 할 자리에 잡초만 무성하다. 지난해 많이 달려 올해는 흉년이다. 비료·농약대, 인건비도 건지지 못할 것 같다. 해거리 현상은 어쩔 수 없어 누구에게나 마찬가지다. 농사는 인간이 아무리 발버둥 쳐도 자연이 따라주지 않으면 속수무책이다. 새로운 품종으로 심고 싶으나 후계자가 없어 포기하고 있다. 나이도 있고 몇 년 없으면 손을 놓아야 할 때가 다가온다. 요즘 품종갱신은 노지 재배하던 젊은이들이 장기 저리 융자를 받고 하우스를 지어 만생종으로 바뀌는 추세다. 전지가위를 들고 감귤나무를 천천히 살핀다. 삭은 가지, 병 붙은 잎사귀를 잘라낸다. 더운 날씨라 손놀림이 늦어 작업능률이 오르지 않는다. 이따금 나무에 휘감긴 넝쿨을 조심스럽게 천천히 잡아당긴다.

오후 5시경에 농장에서 아내와 함께 나선다. 내려오는 길이라 편하나 정류소까지 20분을 걸어야 도착한다. 정류소 의자에는 몇몇이 앉아 시간표를 바라보고 있었다. 제주 시내로 들어오는 버스는 20분 간격으로 한 대씩 지나간다. 저녁 시간 무렵에는 수업을 끝낸 학생들이 많아 10분에 한 대씩 운행하기도 한다. 만차가 될 때는 정류소에 머무르지 않고 그대로 지나가 버리기도 한다. 뒤따라오는 버스가 주차해 줘 고맙다. 좌석은 빈자리가 없고 서 있는 사람이 여럿이다. 좌석 쪽은 아예 바라보지 않고 손잡이를 잡고서 시선은 차창 밖 먼 산으로 돌린다.

좌석 쪽으로 유심히 바라본다면 학생들에게 자리를 양보하라는 눈치를 보일 것 같은 기분이 든다. 대부분 열심히 스마트폰에 정신 팔려 주위를 돌아보지 않는다. 눈 감고 잠자는 학생도 이따금 보인다. 공부하느라 피곤해 피로회복 시간이 아닐까 싶다. 긍정적으로 생각하면 마음 편하다. 시내 5일 시장쯤 오면 빈 좌석이 보인다. 30여 분 섰다가 자리에 앉았으니 몸이 편하고 피로가 풀리는 듯하다. 어느새 집 근처 정류소에 도착해 내린다.

한 달에 한두 번 집으로 오는 버스를 타면 어쩌다 학생이 일어서면서 자리 양보를 할 때가 있다. 사양하다가 고맙다는 인사를 하고 좌석에 앉는다. 지난날이 떠오른다. 한때는 젊었다고 어르신께 자리를 양보했었는데, 이제는 자신이 자리를 양보받게 됐다는 엄연한 현실 앞에 인생무상함을 느낀다.

추하게 늙어 남에게 피해를 주거나 짐이 되는 존재가 되지 않으면서 지내려는 생각을 언제나 잊지 않고 있다. 이 나이에 이르고 보니 현실을 거부할 수 없음을 알게 된다.

세상에는 자리가 많다. 그중 나는 어느 자리에 앉아야 옳은지 생각에 잠겨 본다. 버스에는 의자 앞면에 '노약자석' '임신부석' '장애인석' 표시가 돼 있다. 손님이 없을 때는 당연히 노약자석에 앉는다. 자리를 두고 다투는 사람을 이따금 본다. 버스는 먼저 앉으면 내 자리다. 하지만 공동자리인 만큼 내 마음대로 양보할 수 있는 자유가 주어진 공간이기도 하다. 사회생활에서도 내가 앉아야 할 자리가 있다. 주위의 신망을 받고 앉아야 떳떳한 자리로 인정받는다. 앉아서 안 될 자리에 앉으면 과욕으로 보이고 명예욕에 눈이 어두운 자로 비치기 쉽다. 요즘 젊은이들은 노인을 공경하기보다 꽉 막힌 꼴통이라 상대하기 싫어한다. 심각하게 자성해야 할 일이다. 곡식은 익을수록 고개 숙인다.

내가 힘들어 불편해도 실천하는 양보가 진정하고 값진 배려의 미덕 아닐까.

제3부

수필을 쓰면서

마음의 대문을 여는 열쇠는 배려와 용서입니다

용서는 상대방을 위한 배려가 아니라

자신을 위하는 일로 베푸는 사랑입니다.

대문 앞에서

집안으로 들어설 때 누구나 반드시 대문을 거쳐야 합니다.

집을 지은 지 올해로 50여 년입니다. 서사라 허허벌판 농사짓던 땅에 듬성듬성 몇 가구가 모여 동네가 형성되었지요. 비포장길이라 자동차가 지나면서 돌멩이가 튕길 때는 유리창이 깨질 정도였다니까요. 그 후 오 년쯤 지나 말끔히 도로포장이 완공되어 시내에 살고 있구나 하는 마음이 들었습니다. 여태껏 아날로그라 제자리를 지킨답니다. 수완이 부족해 재테크에는 아예 눈을 돌리지 않았습니다. 무엇보다 자녀 넷이 무탈하고 말썽 없이 잘 자라줘 기쁩니다. 애들이 성년이 돼 어느덧 제 갈 길을 찾아 앞서거니 뒤서거니 떠나면서 둥지는 점점 넓어만 갑니다.

비 오는 날은 쓸쓸합니다. 아내와 마주 앉아 회상에 잠깁니다. 집 지을 무렵이 떠오릅니다. 그때는 관혼상제를 집안에서 치렀으므로 누구나 당연한 풍습으로 여겼지요. 무엇보다 대문에 관심이 쏠렸습니다. 손님이 일시에 드나들기 편하도록 대문을 넓게 만들었습니다. 오늘보다 미래를 내다보는 마음에서 그랬었던 것 같습니다.

일본에 계신 큰누나가 고향에 다니러 오셨다가 어머니께 아무래도 나이도 있고, 아들과 같이 지내는 게 순리라고 말씀드렸습니다. 어머니는 혼자 지내시다 여든이 지나면서 가족과 함께 둥지를 틀게 됐습니다. 어머니는 무척 손주를 귀여워했습니다. 저 몰래 어떤 날은 아침 학교 갈 때 살그머니 손주 호주머니에 '퇴계 이황' 지폐 한 장을 집어넣습니다. 내 눈에 띄는 날엔 "어머니. 그러시면 애들 버릇만 나빠집니다. 아니 됩니다."라고 얘기하죠. 어머니는 "내 손주 내가 돌봐 주지 않으면 누가 살펴 주겠느냐."고 하셨지요.

아내가 과수원에 갔다 저녁 늦게 들어오는 날은 대문간을 발이 닳도록 들락거립니다. 혹여 무슨 일이 일어났는지 불안했던 것 같습니다. 늦게 들어와도 꾸중하지 않습니다. 며느리에 대한 사랑도 남달라 이웃에 자랑도 자주 했었습니다. 손주들이 자라면서 서울로 공부하러 나갈 땐 마음이 허한 듯 보였습니다. 손자가 어느새 자라 대학교 가느냐고. 눈시울이 촉촉해 옵니다. 큰누나가 일본에서 경제적으로 넉넉히 지내고 있어 어머니는 매월 용돈을 달라고 서슴없이 당연한 듯 얘기합니다. 아들네는 아이들 공부시키느라 경제적인 여유가 없으니 어쩌겠느냐고 하십니다. 군소리 없이 어머니가 달라는 만큼 꾸준히 예금통장으로 보내오곤 했습니다.

명절이 가까우면 아들. 며느리. 손자들이 내려옵니다. 언제부터인지 모르나 가족들이 오는 시간이면 대문 앞에서 기다립니다. 어머니 생각이 떠올라 가슴이 뭉클합니다. 지난날 어머니는 대문 앞에 서성거리며 어떤 생각을 하셨을까. 요즘 문명의 발달로 세상이 삭

막합니다. 손가락 하나로 숫자 몇 개 누르면 문은 자동으로 열립니다. 하루가 다르게 변화합니다.

어머니는 아흔을 넘기면서 치매 증상이 서서히 나타나기 시작했습니다. 보이지도 않은 사람이 마당에 서 있다거나, 집안에서 어린애 우는 소리가 들린다고 했습니다. 아흔네 살 장수하신 편입니다. 어머니 돌아가셔 장례를 치를 때 손님 왕래가 잦아 대문의 혜택을 많이 봤지요. 지금 돌이켜보면 어머니를 운구할 때 불편 없이 모실 수 있었던 대문. 그 대문을 떠나던 날 많은 분의 배웅을 받으며 돌아올 수 없는 먼 길을 가셨습니다.

대문은 열리기 위해 존재합니다. 열리지 않는 대문은 대문이 아니라 벽이죠. 닫힌 대문은 그 무엇도 받아들이지 않겠다는 단호한 몸짓이며, 열린 대문은 모두를 반긴다는 환영의 언어입니다. 수많은 인연을 만나고 떠나보낸 대문을 볼 때마다 내 마음을 생각해 봅니다. 대문을 통해 맞이한 것은 무엇이며 떠나보낸 것은 얼마인지. 여태껏 어떤 대문으로 살았길래 아직도 삐거덕거리는 걸까. 내 마음의 대문이 닫혔을 때 수많은 이의 가슴에 미움과 분노의 분진이 쌓였으리라 짐작이 갑니다.

대문을 나설 땐 집안을 두루 살핀 뒤 조심스럽게 닫습니다. 말없음표로 서 있었지만 닫는 순간 마침표가 됩니다. 주인이 돌아올 때까지 눈과 귀를 모아 집을 지킵니다. 대문은 그 집의 쉼표입니다. 누구든 찾아오면 대문 앞에서 잠시 숨을 고른 뒤 조심스럽게 문을 두드립니다. 문이 응답할 때까지 기다려야죠. 찾아온 손님이 누군지 눈과 귀로 들은 뒤 열립니다. 대문이 정중히 승낙할 때까지 손님은 하나의 쉼표입니다. 이럴 때 대문은 기다림으로 길들이는 듯합니다.

마음의 대문을 여는 열쇠는 배려와 용서입니다. 용서는 상대방을 위한 배려가 아니라 자신을 위하는 일로 베푸는 사랑입니다. 화를 녹이거나 상처를 아물게 하는 현명한 처방이기도 합니다. 세상이 시끄러운 만큼 아프다고 말하는 대문. 마음의 대문도 열려 있는 귀와 눈처럼 평안해야 주위가 밝아 가리라 믿습니다.

대문은 지금 이 순간에도 주인이 들어오길 기다립니다.

수필을 쓰면서

흙과 나무가 함께 살아가는 것처럼 문학은 우리의 영혼이 사는 자연과도 같은 존재입니다.

문학의 한 장르인 수필을 꾸준히 쓴다면 몸과 마음이 건강할 수 있지 않을까 합니다. 프랑스 작가 아나톨 프랑스는 "수필이 어느 날에는 온 문예를 흡수해 버릴 것이다. 오늘이 그 실현의 초기 단계다."라고 한 바 있습니다. 전기, 기행, 일기 같은 기록문학이 주류를 이루고 있는 서구세계는 종래의 소설, 희곡이 논픽션화하면서 수필 문학에 합류하는 추세라고 합니다.

수필은 산문이며 적당한 길이의 작문으로 형식이 자유롭고 주제가 특수합니다. 개인적이며 자기 표현의 문학으로 이는 수필에 관한 동·서양의 정의를 요약한 것입니다. 이런 본질에 비춰볼 때 다른 문학 장르와 뚜렷한 특징, '진실로 자기 삶의 생생한 사실적인 이야기'라는 데 있습니다. 대화의 문학으로 '하나의 완결된 이야기'가 아닙니다. 완결되지 않은 채 시도하는 대화의 문학입니다.

대화의 배경에는 침묵이 흐릅니다. 침묵을 배경으로 하지 않는 대화는 그 깊이를 상실한 언어의 나열로 소리일 뿐입니다. 남을 불편, 불쾌하게 하거나, 반발을 일으키게 해서는 대화 본래의 목적을 상실하게 됩니다. 수필이 대화의 문학이란 점에서 수필 문학의 어려움이 있지 않은가 합니다. 수필에서 대화는 작가가 경험한 현실적 이야기며, 꾸민 이야기가 아닙니다. 이런 측면에서 일정한 틀이 없습니다. 꼬리가 없는 인간의 삶을 확장시키는 데 적당한 문학이지요.

수필은 허구가 아닌 인생을 담는 스냅 사진입니다. 작은 화폭과 같습니다. 수필과 비수필의 구분. 수필의 본질은 내용이나 형식에서 허구성의 용인. '붓 가는 대로 쓰는 글'보다는 구체적으로 써야 한다는 작가마다 견해가 다른 것 같습니다.

오늘의 언어 현실을 봅니다. 명령과 지시, 주장과 설득이 있고, 일방통행의 독선 아니면 대화의 단절로 흐르는 것 같습니다. 정情의 표시는 대화에 있습니다. "부부 생활은 긴 대화다."라고 니체는 말했습니다. 오늘날 대화의 문제는 언어학적 관심의 중심으로 흐릅니다. 이런 현실에 적합한 장르가 수필 문학이 아닌가 합니다.

수필은 자아의 고백, 자조自照, 자기성찰의 문학입니다. 진실한 자기 삶의 생생하고 사실적인 이야기 살아 있다는 축복, 존엄, 행복, 슬픔, 외로움, 소외감 같은 걸 표현합니다. 걸림 없는 마음으로 내가 살아온 삶, 살아나갈 지혜를 찾아가는 것입니다.

수필은 테마의 문학이며 인간미입니다. 시는 말을 놓을 자리에 넣어야 하고, 소설이 인물과 사건(?)이 있을 자리에 있어야 하는 글이라면, 수필은 마음 놓을 자리를 바르게 찾아가는 글입니다. 여기에서 마음은 인간미, '나'의 본질과 '너'의 본질이 하나가 되는 '만남'의 텃밭입니다. 수필은 사람이 사는 정입니다. 영원히 그 정체를 알 수 없는 존재가 인간입니다. 인간은 생물학에서 보면 참으로 약한 존재랍니다. 그런가 하면 생각하는 능력이 있어 지구상에서 가장 강한 존재이기도 합니다. 약점과 장점을 함께 지니고 있습니다. 부족함과 약점이 있어 때로는 실수도 하고, 채우지 못하는 욕망으로 절망하거나 좌절하거나 괴로워하기도 합니다. 반성과 참회를 거듭하며 어둠 속에서 밝음을 그리워하고 참되기를 바랍니다. 여기에 한 줄기 빛이 되는 것이 인간미가 아닐까요.

인간미를 잘 담아낸 글이 수필입니다. 그래서 수필을 인간적인 문학이라고 하지요. 수필가는 인간미에 젖어 감동할 줄 아는 마음을 지닌 분입니다. "글은 그 사람이다."라는 뷔퐁의 말이 적용되는 것이 수필입니다. 수필 문학은 바로 그 인간성, 인간미를 주제로 다루는 테마의 아름다운 문학이지요.

수필은 인생의 해석 삶의 미학을 담은 글입니다. 문학을 말할 때 흔히 '인생의 표현'이니 '인생의 해석'이라는 얘기를 하는 것도 결국 수필이 지향하는 것과 무관하지 않습니다. 수필에서 묘사하고 탐구하고 발견하고 창조하려는 것의 궁극적 목적은 사람에 관계되는 것입니다. 다만 수필이 다른 문학 장르와 다른 점이 있다면 작가 자신이 경험한 것을 구체적이며 깊이 있게 성찰함으로써 삶의 이치를 넓히고, 자기 삶의 정황들을 통해 인간의 삶에 대한 안목과 통찰을 키우는 데 있습니다. 이런 안목과 통찰을 형상화한 작품을 통해, 앞서 살았던 사람의 체험을 보며 효율적인 인생을 성찰할 수 있습니다. 수필은 작가가 살았던 삶의 외적 현실과 내면, 단편적이며 총체적인 인생관을 통해 추상적인 진실의 보편성을 구체적으로 제시합니다. 따라서 현대 수필은 서정 수필을 넘어 주제가 뚜렷하고 주장이 있거나 비판의식이 깃들어야 합니다.

좋은 수필을 읽으면서 '부끄러움'을, '사랑을 매개로 한 관계'와 '존재의 의미'를 생각할 또 다른 지평을 열게 하는 문학입니다.

수필은 진실한 문학으로 거짓이 없고 나를 찾아가는 길입니다.

하늘과 땅 사이

하늘이란 바다 위나 땅 위로 해와 달, 무수한 별들이 널려 있는 무한대의 공간입니다. 흔히 하늘나라라고 합니다.

오래된 우리의 사상인 하늘과 땅, 사람을 천지인 '삼재三才'라고 말하지요. 이로 보면, 하늘과 땅 그리고 사람의 이치를 알 수 있습니다. 사람은 하늘과 땅 사이에 있고 사람도 꽃이며 육신도 때가 되면 꽃처럼 사라집니다. 하늘이 양이라면 땅은 음입니다. 사람은 양과 음 사이에서 피었다 지면서 유유히 흘러갑니다. 마치 물처럼 바람처럼. 어디로 가는지 자신도 모릅니다. 하늘은 위에 있고, 땅은 아래에 있습니다. 그 사이를 사람은 걸어갑니다. 유일한 직립 보행. 하늘과 땅 사이에서 나는 어떻게 살아왔을까. 열심히 일하면서 살아왔지요. 가끔 어려운 일을 마주할 때도 있었고, 역량이 부족한 자신을 발견할 때는 숨이 꽉 막혀왔습니다. 더 많은 능력을 주지 않은 하늘을 원망할 때도 있었습니다. 하늘은 살아가는 동안 일하라고 명령합니다. 땅은 만물을 길러내고, 서로가 의지하며 살아가라 하지요.

농어촌은 초고령사회가 된 지 오랩니다. 농사짓는 분들도 나이 들었습니다. 젊은 세대는 찾아보기가 어려운 것이 현실입니다. 속 담에 '땅은 거짓말하지 않는다.'라는 명제가 실존합니다. 지난날 봄 이면 밭을 갈아 기초를 튼튼히 하고 적절한 시기에 거름을 넣어 씨 앗 뿌려야 양분을 흡수하고 제대로 자랍니다. 모든 작물은 시기에 따라 파종합니다. 땀과 노력이 땅에 배어야만 노력의 결실을 얻게 됩니다. 혹여, 시기를 놓치거나 노력을 게을리하면 농사를 망치기 도 합니다.

우리는 눈에 보이는 것을 믿는 세대 속에 살고 있지요. 그러나 눈 에 보이는 것도 믿지 못하는 세상 아닙니까. 날이 갈수록 나라는 부 유해 가지만 인간의 착하고 선한 본성은 사라지고 있습니다. 생활 에 얽매여 범죄를 저지르거나 죄를 짓게 되고, 남이야 어떻든 나만 잘 살면 된다는 그런 세상입니다. 어떤 종교를 믿든 믿지 않든 하늘 은 공정하게 인간이 살아온 행적을 판결해 길흉화복을 조정한답니 다. 어떤 이는 "하늘도 저승도 현생도 후생도 있다고." 말합니다. 하 늘에 인간을 담당하는 신이 있는가 하면 악마와 축생을 담당하는 신도 있답니다. 실제로 그곳을 다녀온 분이 없기에 믿거나 말거나 자유입니다.

땅은 거짓을 모릅니다. 땀의 소중함을 땅에서 배웁니다. 뿌린 대 로 거두는 것이 세상의 이치이듯, 노력한 만큼 거짓 없이 돌려주는 것이 땅 아닙니까. 농부가 흘린 땀의 소중함은 매일 마주하는 밥상 머리에 앉으면 떠오릅니다. 한 끼의 밥과 반찬을 밥상 위에 오르기까지 얼마나 많은 농부의 손길이 닿았을까요. 밥상 위에는 농부의 땀의 보상물로 가득합니다.

사회도 땅만큼 정직하면 얼마나 좋을까요. 땀 흘린 노력이 정당하게 보상을 받아야 희망을 품고 살아갈 수 있습니다. 만약 땀 흘리지 않고, 잔꾀를 부려 얕은수로 이득을 얻는다면 누가 바르게 살려고 하겠습니까. 뿌린 만큼 거두는 사회를 이룩하려면 우리의 의지에 있습니다. 노력해야만 얻을 수 있다는 환경을 미래세대를 위해 만들어 줘야 합니다.

살아 있는 사람은 오늘도 걸어야만 합니다. 이른 아침 시간의 길목은 바쁘게 돌아갑니다. 사람이 만든 것 중에서 가장 편안한 곳은 집이고 그다음 편한 곳은 길입니다. 사람의 길은 줄어 가고 찻길만 늘어 가는 시대입니다.

마당은 줄어들고 자꾸만 수직으로 올라가는 건물. 산이 점점 허물어지고 있습니다. 많은 길 중에도 자연이 만들어낸 물길은 순리에 따라 흘러 누구도 통제하지 못합니다. 강물은 깊은 바다로 흘러갑니다.

길은 여전히 살아 있습니다. 우리는 죽음의 길을 향해 그 속으로 서서히 걸어가고 있습니다. 겨울이면 꺼칠한 물기둥처럼 서 있는 나무들, 그런 겨울나무가 돼 갑니다. 아낌없이 내주는 길, 길은 기억하고 싶지 않아서 자꾸만 발자국을 지웁니다.

작은 것을 탐하다 모든 것을 잃는 것이 사람입니다. 하늘의 뜻이 "죄를 짓되 갚고 살아라. 남의 눈에 눈물 나게 하거나, 가슴에 못을 박지 말고, 나를 도와준 사람에게 배신하지 말며, 은혜를 악으로 갚지 말라고 합니다." "은혜를 받았으나 직접 그에게 갚지 못했다면, 그 사람이 돌아가셨거나 연락처를 모를 때 그 마음을 평생 잊지 말고 다른 이에게라도 은혜를 베풀라."라고 합니다. 은혜와 덕을 받아 놓고 악으로 갚는다면 하늘이 가만히 두지 않습니다. 언젠가 다 집행합니다. 살아서 집행하든 죽어서 하건 그 일은 하늘의 몫입니다.

일단 살고 봅시다. 오늘을 살아야 내일이 있으니까요, 오늘 없이 내일이 있을 리 없습니다. 살면서 하찮은 재물로 올가미에 얽혀 오가도 못하며 밤마다 눈물짓고 몸부림치는 신세가 됩니다. 돈이 죽음이요, 기쁨이고, 행복입니다.

하늘과 땅 사이에 사람이 있고, 그들은 대부분 꽃입니다.

자전거와 인생

체인으로 연결된 두 개의 바퀴가 시원한 공기를 가르며 달려간다.

세계 최초의 자전거는 1839년 스코틀랜드 덤프리스서의 대장장이 맥밀런이 4년간의 실험을 통해서 완성해 사람의 힘으로 추진되는 자전거가 등장했다고 한다.

자전거는 모든 동력 기계의 기본 원리를 담고 있다. 회전축·기어·페달·바큇살·바퀴·핸들의 역할을 과학의 눈으로 살펴본다. 자전거는 아마도 인류의 기술개발 역사상 가장 멋진 발명품일 것이다. 자전거 타기는 걷기를 포함한 다른 어떤 수송 수단보다 효율적이다. 세계적으로 사용되는 10억 대 이상의 자전거 수가 그 효율성을 입증해 주고 있다. 다른 기관과 가장 큰 차이는 엔진이 인간의 몸이라는 사실이다. 자전거를 탈 때 인간의 몸은 그냥 걸을 때보다 5배 정도 더 효율적인 엔진이 된단다.

겉으로는 쉬워 보이지만 자전거를 타는 원리는 그렇게 간단치 않다. 바퀴가 네 개나 세 개가 아닌 두 개를 가진 자전거는 타기에 쉬워 보이지 않는다. 그러나 막상 자전거를 타면 안정적으로 달릴 수 있다는 것을 알게 된다. 자전거를 타 본 사람들이 가장 재미있게 느끼는 일이 있다. 그것은 바로 자전거가 쓰러지려고 할 때 핸들을 기울어지는 방향으로 틀어야 안 쓰러진다는 사실이다. 처음 타는 분들은 자전거가 한쪽으로 쓰러지려 할 때 반대 방향으로 핸들을 튼다. 쓰러지지 않으려고 한 행동이지만 이런 경우 자전거는 여지없이 쓰러진다. 이는 쓰러지려는 쪽으로 핸들을 돌리면 자전거는 그 방향으로 회전한다. 회전하는 자전거는 기울어지는 반대 방향으로 원심력을 받는다. 이 원심력에 의해 자전거는 다시 똑바로 설 수 있다. 자전거가 달리고 있을 때는 정지해 있을 때보다 평형을 잡기가 다소 수월하다.

자전거는 핸들이 무게중심을 바꾼다. 빠른 속도로 회전을 할 때는 원심력으로 설명할 수 있으나 천천히 갈 때는 어떻게 말할 수 있을까. 무게중심의 이동으로 얘기해야 한다. 자전거가 쓰러지는 것은 두 바퀴가 땅에 닿는 두 개의 점을 연결한 축을 중심으로 자전거 전체 무게가 평형을 이루지 못한 까닭이다.

인생은 자전거를 타고 언덕을 오르는 것과 비슷하다. 누구는 좀 더 수월하게 오르는 것 같아도 나름대로 힘들기는 마찬가지다. '내가 힘든 것은 좋지 않은 자전거 탓이야.'라고 생각하는 이가 있다면, 기회가 오면 좋은 자전거를 타 보라. 잠시 수월할지 몰라도 곧 힘들고 더 좋은 자전거를 찾게 될 것이다. 가끔은 차로 산을 오르는 사람을 본다. 쉽고 빠를지 몰라도 인생을 볼 수 없다. 그러니 그것도 부러워할 필요가 없다.

연둣빛 바람이 기분 좋게 살랑인다. 더운 날씨지만 자전거 타기에 알맞다. 어떤 자전거든 정신을 집중해야 할 곳은 바로 운전에 있다. 컨디션, 정신력, 체력과 능력은 자전거를 운전하는 개인의 역할이다. 최고가의 자전거를 소유한다 해도 체력이나 정신력에 문제가 있으면 값싼 자전거만도 못할 수 있다. 산에 오를 때 천만 원짜리라고 해도 저절로 올라가는 자전거는 없다. 온힘을 써야 하며, 땀을 흘려야 한다. 좋은 자전거가 조금 수월하게 탈 수 있을지 몰라도 운전자의 심장과 체력으로 그 어려움을 감당하기는 마찬가지다. 돈 많은 집 아이들이 좋은 대학 간다는 게 요즘 흔한 얘기다. 그 아이들도 정도의 차이가 있겠으나 스스로 최선을 다해 노력한다. 돈만 있으면 자기 아이도 좋은 대학 보낼 수 있다는 생각은 부모의 핑계일 뿐이다.

한고비씩 오르다 보면 그늘도 보이고 전망 좋은 곳도 나온다. 때론 산길이라도 가끔 내리막이 있다. 내리막이 쉽지 않다. 하지만 오르막보다 낫고, 지난 길과 오를 때 못 보았던 것들이 보여 아름답기도 하다. 또 길을 가야 다시 고비가 있고 오르막이 나온다. 힘들다며 땅만 보면, 아름다운 자연을 놓친다. 좋은 풍광을 힘들게 지나며 바라보는 것이 자전거의 매력이다. 수많은 그늘의 감사함과 초록과 들꽃의 아름다움을 느낄 수 있다.

자전거도 잘 관리해야 한다. 불량배들이 훔쳐 갈 때도 있다. 좋은 자전거를 가진 이는 항상 방심할 수 없다. 주의 깊게 관리해야만 좋은 자전거의 효용을 누릴 수 있다. 조금이라도 수월하게 탈 수 있는 자전거를 갖고 있다면 관리에 신중해야 한다. 잃고 나서 걸어야 할 때가 생긴다. 운이 없어 펑크 나거나, 간단한 문제가 생겼을 때 처리 방법을 몰라 좋은 자전거가 무용의 짐으로 바뀔 수도 있다. 간단한 기본 수리는 할 줄 알아야 덜 고생한다.

자전거 페달을 열심히 밟아도 제자리에 머물러 있는 듯한 기분이 들 때가 이따금 있다. 앞으로 나아가야 정상인데 그 자리에서 맴돌다 쓰러질 것 같지만 그래도 굴러간다. 자전거를 타며 인생을 배운다.

오늘도 많은 사람이 각자의 인생이란 자전거를 타고 희망과 행복을 꿈꾸면서 최선을 다하며 페달을 밟는다.

자전거는 멈추면 쓰러진다.

가을 알리는 귀뚜라미 소리

8월 30일 새벽 3시, 가로수 숲속 돌담 밑에서 귀뚜라미 소리가 들려 귀를 의심했다. 완연한 가을을 알리는 소리다.

처서가 8월 23일 지났다. '처서가 지나면 모기도 입이 비뚤어진다.'라는 속담처럼 파리·모기의 성화도 사라져 가는 무렵이다. 더위도 하루가 다르게 물러난다. 지난날 밭에서 한창 자라는 잡초도 울며 돌아간다고 했었다. 그 무렵 뿌리까지 매지 않고 건성으로 뜯었다. 따가운 햇볕이 약해 풀이 더 자라지 않는다며 산소에도 벌초를 시작한다. 요즘은 이상기후로 8월 그믐까지도 대낮에는 섭씨 30도를 웃도는 무더위가 계속된다.

귀뚜라미가 먼저 가을을 알린다. 여름이 지나고 가을이 오는 처서를 기점으로 아침저녁에는 더위가 덜하다. 가을이 다가올수록 밤과 낮의 온도 차가 심하다. 이럴 때 건강관리에 조심해야 할 때다. '귀뚤귀뚤' 가을의 전령 귀뚜라미가 노래한다. 여름이 매미 철이라면 가을은 귀뚜라미의 계절이다. 야행성인 귀뚜라미는 야상곡夜想曲을 즐긴다. 눈 감고 귀 기울여 듣고 있노라면 어린 시절이 떠오르기도 한다. 애절함의 극치다. 날은 저물고 갈 길이 막히는 노인의 조급함 때문일까. 봄이면 모든 이는 시인이 되고, 가을엔 철학자로 만든다는 말에 수긍이 간다.

만물은 다 제자리가 있고 모두 이름이 있다는 말처럼 곤충들도 철과 시간대가 있다. 귀뚜라미도 종류에 따라서 밤에만 노래하는 것이 있는가 하면, 밤낮을 가리지 않는 녀석도 있단다. 가을이 아닌 늦여름에 소리를 내거나 저 멀리 밭에서나 가까운 섬돌 아래서도 들린다. 왜 그토록 힘들게 끊임없이 목청을 돋워 울려대는 것인지. 자기 영역을 알려 다른 것들이 경계를 넘보지 못하도록 텃세로 경고함인지도 모른다. 한편 암컷에게 자기의 위치를 알리는 구애의 사랑 노래가 아닌가 싶다. 보통 소리가 굵고 우렁차며, 힘이 들어있는 수컷은 건강하다. 암컷도 그 사실을 알고 강한 유전자를 가진 수컷과 짝짓기 위해 서슴없이 달려간다. 사람도 이런 점에서는 하나도 다르지 않으리라.

암컷들은 하나같이 음치일까. 대부분 암컷은 진한 영양분이 가득 찬 커다란 알을 낳지만, 수컷은 에너지가 적게 드는 값싼 정자를 만든다. 수컷은 아무리 소리를 질러 힘을 쓰더라도 정자를 만드는 데 큰 문제가 없으나, 암컷은 에너지를 알에다 쏟는다. 암놈은 어느 것이나 경제적인 동물이다. 귀뚜라미는 세계적으로 2400여 종이나 된다. 우리나라에도 13종이 살고 있단다. 귀뚜라미는 연 1회 산란하며 불완전 변태 과정을 거쳐 늦여름에서 가을까지 성충기를 보내다가 알 상태로 월동을 한다. 대부분 비행 능력이 없다. 잡식성이며, 밤에

활동하는 야행성이다. 주로 다른 곤충 또는 식물을 먹고 산다. 서식지는 다양하나 풀숲이나 돌 밑, 덤불 같은 곳에서 흔히 관찰된다.

귀뚜라미는 가늘고 긴 더듬이, 또 잘 뛰도록 변한 튼튼한 뒷다리와 두 쌍의 날개를 가졌다. 날개 중 바깥쪽 것은 딱딱하고 안쪽 것은 얇은 막으로 돼 있다. 귀뚜라미가 날 때는 안쪽 날개를 쓴다. 바깥쪽 날개는 안쪽 날개를 보호하기도 하지만 아름다운 소리를 내는 악기다. 한쪽 날개에 오톨도톨한 돌기가 붙어 있어 다른 쪽 날개를 그곳에 비비면 '귀뚤귀뚤' 소리가 난다.

다른 벌레들도 그렇지만 귀뚜라미는 8월에 세상으로 나와 고작 6~8주를 살고 생을 마감한다. 8월에는 마당에서, 9월에는 마루 밑에서, 10월엔 방에서 울어 댄다. 귀뚜라미가 주변 온도에 예민하다고 나온 말일 것이다. 입추 즈음부터 밤이나 새벽에는 일교차가 커지면서 풀잎에 이슬이 맺혀 해뜨기 전 이른 아침에는 그 모습을 볼 수 있다. 우리의 청각에 포착된 가을의 전령사는 귀뚜라미 소리다. '입추에는 벼 자라는 소리에 개가 짖는다.'고 했다. 입추부터 해바라기와 물봉선이 9월까지, 그리고 용담龍膽과 참취는 10월까지 꽃을 피운다.

방에서는 글 읽는 소리, 부엌에선 귀뚜라미 우는 소리라는 말은 공부할 분위기가 잘 갖춰진 아늑함을 일컫는 말이 아닐까. 귀뚜라미도 밤새워 책장을 넘기는 가을밤이다.

날씨 좋은 이 가을에 한껏 책 읽기에 빠져 보면 어떨까.

남을 위한 예의, 나를 위한 예의

사람과의 관계에서 존경의 뜻을 표현하려면 예의를 지키는 건 기본이다.

겉모습으로 상대방의 성격을 가늠하기란 녹록지 않다. 말투나 몸가짐을 보고 그의 인품을 대강 짐작할 수 있다. 자녀의 품성도 그 부모에게서 나오는 건 당연하지 않을까. 예부터 집안 본단 말이 전해 온다. 명예와 재물을 살피는 게 아니라 집안의 내력, 즉 성향을 본다는 말 아닌가. 예의는 마땅히 지켜야 할 바른 마음과 맵시다.

요즘 젊은이들은 짧고 간단하며 직관적인 것을 즐긴다. 이러한 젊은이들의 취향을 부정적인 생각보다 긍정적인 사고로 이해하려고 노력할 때, 세대 차를 보다 효율적으로 극복할 수 있는 길이 될 것이다.

고단한 산행길에서 낯선 이를 만나면 반갑다. 서로 "수고하십니다."고 인사 나눌 때 쌓인 피로가 풀리는 듯 마음이 통하는 기분이 든다. 오르막이나 내리막에서 마주칠 때 내리막 사람이 양보하는 것이 예의다.

인터넷 카페 댓글에 대한 예의다. 어떤 이가 소중한 글을 올리면 댓글을 쓰는 건 좋은 일이다. 댓글 내용은 "좋은 정보 잘 봤어요." 정중히 다는 이가 대부분이다. 정보는 일상 언어에서 전문 용어까지 다양한 뜻으로 사용된다. 컴퓨터의 정보 처리를 기반으로 한 자료가 두루 대두되고 있다. 읽어 본 후 "좋은 글 잘 읽었습니다." 느낀 감정을 간단히 올리면 금상첨화다.

모임에서 경계해야 할 것 중 무의식적으로 한 얘기가 찬물을 끼얹을 수 있다. 누군가 식사 중에 곰탕이 진짜 맛있다 하면 입맛에 안 맞더라도 그저 침묵하면 된다. 앞장서 "이건 소가 지나간 목욕탕이야." 하는 순간 밉상 되기 마련이다. 비판이나 지적하려다 참는 힘. 누구에게나 때때로 부러움과 찬사를 보내는 능력, 하찮은 작은 선물이라도 마련하는 정성을 갖춘다면 어른으로 존경받을 수 있다. 부모는 자식에게 올바른 예절 교육을 시켜야 할 의무가 있다. 웃어른께 인사함은 예의를 지킴이고 도리다. 다른 사람을 소중히 대하듯 전화할 때도 마찬가지다. 사고의 대 전환과 내가 먼저 자세를 낮추고 배려하는 마음의 자세가 따라야 한다.

사무엘 울만은 '청춘이란 두려움을 물리치는 용기, 안이함을 뿌리치는 모험심, 그 탁월한 정신력을 뜻하나니, 때로는 스무 살 청년보다, 예순 살 노인이 더 청춘일 수 있네.'라고 말했다. 그러니 어른들도 너무 움츠러들지 말고 자신감을 가지고, 미래를 활기차게 개척해 나아갈 일이다. 어른이 지켜야 할 진정한 가치를 깊이 고민하고, 사회변화에 능동적으로 받아들이는데 망설이지 않아야 한다.

노인들은 젊은이들이 겪어 보지 않은 일을 경험했다. 삶에 대해 더 깊이, 세세히 겪은 세대임을 인정해야 한다. 질병, 실패, 위험, 사기 같은 갖가지 힘든 삶을 살았다. 어쩌면 젊은이들이 겪어 보지 않은 훨씬 더 큰 어려운 상황을 겪어왔다. 직접 초근목피를 경험한 세대임을 알아야 한다. 그래서 '노인 한 사람이 죽으면 도서관 하나가 불타 버린 것과 같다.'고 했는지도 모른다.

젊은이에게는 항상 격려와 위로를 통해 스스로 생각하고 행동할 수 있도록 기다려 주는 열린 마음의 자세가 필요하다. 그래야 살기 좋은 세상으로 화기애애한 분위기가 이어지리라. 어른은 스스로 엄격해야 하고, 다른 사람에게 겸손해야 한다. 철없는 젊은이의 미숙을 탓하기보다 가능성을 존중하고, 불쑥 튀어나오는 실수를 삶의 한 과정으로 바라보는 미덕을 어른들이 가졌으면 좋지 않을까.

과유불급과 건강관리

지나침은 부족함만 못하다는 말을 흔히 듣는다.

사람마다 하루 중 가장 행복한 시간은 다르다. 최근 세계 네티즌들이 사용한 5억여 개의 트윗을 분석한 결과 대부분 아침 식사 때가 행복한 시간이란다. 시간이란 붙잡을 새 없이 순식간에 지나간다. 행복, 불행, 고통의 시간도 지나고 나면 마찬가지다.

나의 건강관리는 남다른 운동을 하지 않는 편이다. 새벽 세 시 무렵 자전거를 타거나 아니면 걸어서 애향 운동장으로 나선다. 가보면 벌써 운동장 트랙을 걷는 이들이 보인다. 몇 시쯤 집에서 나왔을까 궁금하다. 아는 이가 보여 몇 시에 집에서 나섰는지 물어봤다. 두 시라 했다. 몇 시에 잠자고 나왔을까 의아하다. 살아가는 방법은 나름대로 제각각 아닌가.

좀 빠르게 40분 걸으면 오천 보쯤 된다. 걷기가 끝나면 몸풀기 시간이다. 쉼터 녹지공간에 다양한 운동기구를 갖춰 놓았다. 기구에 매달려 20분쯤 몸풀기를 한다. 집에서 나선 뒤 현관에 들어서면 보통 한 시간 반이 소요된다.

요즘은 농업용 자동차가 있으나 대중교통을 이용하는 편이다. 고향마을 버스 정류소에서 내려 오르막을 20여 분 남짓 부지런히 걸으면 농장에 다다른다. 올레길 걷는 기분으로 걷는다. 과수원에 들어서면 힘든 일은 아니나 항상 움직여야 한다. 전지가위를 들고 나무 숲속을 살핀다. 음지에 있는 자지레한 죽은 가지를 골라 자르거나 아주 작은 감귤 열매를 솎아내기도 한다. 일하다 보면 시간 가는 줄 모른다. 잠시 저 멀리 있는 오름이나 맑은 하늘의 뭉게구름을 바라보노라면 온갖 잡념이 사라지고 마음이 안온하다. 천지가 내 세상 같은 기분이다. 집으로 올 때도 걸어서 내려온다. 하루 보통 만보 걷는 편이다.

언제나 자신이 무엇을 위해 살고 있는가를 느낄 때 가장 행복한 시간이 아닐까 싶다. 나이 들수록 무리한 일은 삼가며, 항상 몸을 움직여야 한다는 생각이다. 아무리 좋은 기계도 늘 쓰지 않으면 빨리 녹슨다. 살을 빼겠다고 너무 지나친 운동을 하면 오히려 몸에 해로울 수도 있다. 모든 일은 적당한 것이 가장 좋은 것이다. 나이 들수록 탐욕에 빠지면 꼴불견으로 보인다. 자식에 대한 사랑도 정도를 지나치면 부족한 것보다 못할 수 있다.

농장에 다니느라 아침 운동을 건너는 경우가 잦아졌다. 요즘은 저녁을 마치고 한 시간쯤 지나 근처 쉼터를 찾아 몸풀기 운동을 한다. 허리 돌리기 운동을 하고 나면 개운하다. 여러 날 평소보다 심하게 허리 운동을 했다. 어느 날 아침 일어나려는데 갑자기 양쪽 옆구리가 쑤신다. 조금만 기침해도 몹시 괴로웠다. 아내는 엄살떠는 줄 알고 심드렁한 표정이다. 책상을 의지해 간신히 일어섰다. 그 모습을 보고 아내는 거짓이 아님을 느꼈던 것 같다. 아픈 부위에 파스도 붙이고 며칠간 계속 찜질을 했다. 일주일쯤 지나면서 조금씩 통증이 사라지기 시작했다. 과유불급이었다. 하찮은 일, 알면서도 지키지 못한 내 탓이 크다.

욕심은 많을수록 가난해지고 적을수록 부유하다. 이는 물질의 빈부가 아닌 마음의 빈부에 있다. 노인일수록 노탐이 늘어 간다. 사람이 재물의 빈부에만 급급하면 추하게 보일는지도 모른다.

유럽에서는 놀이터가 고령자와 아이가 함께 운동하는 공간이라는 개념이 확실히 정립돼 있다. 독일에서는 60세 이상도 이용할 수 있는 건강 놀이터를 만들고 있으며, 영국은 이를 법제화하고 있다고 한다. 사람들은 자신이 속한 환경에서 타인을 보고 이해한다. 어린 시절부터 모두가 어울려 사는 환경 속에서 '타인의 삶'을 몸소 경험한 아이들은 커서도 '서로의 다름'을 이해하는 폭이 훨씬 넓어진다고 한다. 사회의 '소수'를 바라보는 시각이 소극적인 이해를 넘어 적극적인 '공감'으로 이어지면, 우리가 사는 세상은 더 나은 미래를 기대해도 되지 않을까 싶다.

노인일수록 가벼운 운동을 해야 한다. 유산소운동을 계속하는 노인의 뇌혈관은 젊은이의 뇌혈관과 비슷했으나, 운동을 하지 않는 노인은 구불구불해져 위험도가 높아졌다는 연구 결과가 나왔다. 유산소운동은 산소 공급을 통해 지방과 탄수화물을 에너지화해서 소모하는 운동이다. 대표적인 운동으로 걷기, 달리기, 등산, 자전거 타기, 줄넘기, 수영 같은 종류가 있다. 90분 정도 운동을 해도 하지 않는 노인보다 뇌혈관이 더 젊은 상태를 유지하는 것으로 밝혀졌다. 이는 미국 과학전문지 사이언스데일리에 실렸다.

걷기 운동은 혈압을 떨어뜨려 고혈압 환자에게 좋다. 걸으면 좋은 점이 많다. 고혈압 위험을 낮추고 관절염이 예방된다. 우울증 치료, 심장질환 위험을 낮춘다. 햇볕을 쬐면 비타민D를 보충할 수 있고, 체지방 연소에 효과적이다. 나이에 비해 젊어 보인다. 간편하면서 쉽고 다칠 위험이 거의 없다. 돈이 들지 않는다. 샌드라 B. 챔프만 박사는 "운동이야말로 가장 저렴하고 손쉽게 기억력을 향상하는 방법"이라고 말했다

'과유불급', 무엇이든 한쪽이 지나치면 부작용이 따른다. 나이 들수록 건강관리는 스스로 해야 주위가 편하다.

밭담을 쌓으며

올해는 유난히 여름 태풍이 잦았다.

제주는 삼다의 섬이다. 지난 8월 10일부터 9월 1일 사이에 유래 없는 태풍이 세 차례나 제주를 휩쓸었다. 장미, 비바, 마이삭 이다. 전국적인 피해로 농업인들이 실의에 잠겼다. 가옥이 침수되고 파종한 당근밭은 물바다가 됐다. 재파종 시기는 늦었고 마땅히 심을 작물을 찾지 못해 망설이고 있다. 무를 파종하겠다는 농민이 늘고 있어 행정당국은 고민이 클 것이다. 과잉생산 된다면 산지 폐기는 불을 보듯 뻔하다. 마음 아픈 일이다.

태풍 뒤 과수원으로 들어섰다. 감귤은 강한 바람에도 별로 낙과하지 않는다. 떨어진 귤은 보이지 않았다. 방풍수로 심은 삼나무 곁가지가 웃자라 몇 개 째졌다. 어른 팔뚝만큼 굵은 것들이다. 감귤나무 위에 쓰러지지 않아 다행이었다. 톱과 전지가위로 운반하기 편하게 토막을 냈다. 삼나무 아래 빈 데를 찾아 쌓아 놓았다. 별로 힘들이지 않아도 쉽게 처리할 수 있어 시간에 쫓기지 않아 여유로웠다.

밭 주변을 돌아봤다. 뜬금없는 곳에 돌담이 넓게 무너졌다. 생각지도 않았던 곳이다. 낮은 지대의 밭이라 주변이 온통 겹담이다. 두 곳이나 무너져, 종일 부지런히 해야 마칠 수 있을 것 같다. 겹담을 쌓았던 때가 오래됐다. 지난날 이웃 아저씨에게 밭담과 겹담 쌓는 요령을 배웠으니 이제 몸소 실행하게 됐다. 조상으로부터 물려받은 밭이다. 돌담을 쌓으면서 고생이 많았음을 생각하니 감회가 새롭다.

무너진 돌담을 한쪽으로 모조리 치워놓고 처음부터 새로 쌓기 시작했다. 맨 밑에는 길쭉한 큰 돌을, 위로 오를수록 차츰 밑돌보다 작은 것을 골라 쌓았다. 둥근 돌은 한복판으로 넣었다. 바깥쪽에 쌓는 돌은 길쭉한 것으로 쌓지 않으면 쉽게 허물어진다. 돌은 서로 잘 맞물려야 무너지지 않는다. 서로 협동하는 이치와 같다.

60년대는 가정마다 소를 길렀다. 여름철 꼴 베러 들로 나서면 겹담 위에는 넝쿨이 듬성듬성 어우러졌었다. 낫으로 베었다. 소는 다른 꼴은 먹다 남겼으나 넝쿨은 깨끗이 먹어 남기지 않았다. 장마나 태풍이 지난 뒤 밭 주변을 돌다 보면 밭담 무너진 곳을 볼 수 있다. 우리 밭은 길가여서 외담이다. 허물어진 담을 혼자 쌓았다.

밭담은 열린 공간에서 한 줄로 돌담 사이에 적당한 틈새로 가볍게 보이는 아름다움이 있다. 엉기성기 뚫린 공간으로 바람이 지나가도 허물어지지 않는다. 지금은 세계적으로 손꼽히는 현무암 돌담길이 됐다. 2014년 제주의 '밭 돌담'이 유엔 식량농업기구에서 세계중요농업유산으로 등재됐다.

전통적인 초가의 외벽에 쌓는 돌담을 '축담', 마당과 거리를 잇는

올레의 돌담을 '올렛담' 또는 '울담'이라 한다. 밭과 밭의 경계 돌담을 '밭담', 밭의 자갈이나 땅속에 박힌 돌을 캐내어 성처럼 쌓은 것을 '잣벽담'이라 부른다. 조상들은 돌과 바람이 많아 고된 시련을 겪어 왔다. 열악한 환경을 개척하고 땅을 다스릴 줄 아는 슬기로움을 느낄 수 있는 것이 바로 돌담이다.

돌담의 기원은 '밭담'에서 나온 말이라 한다. 제주도는 예부터 돌 많고 땅이 건조해 본시부터 논이란 없고 다만 밀, 보리, 콩, 조와 같은 잡곡만 심었고 밭의 경계는 없었다.

밭과 밭의 경계를 나누는 돌담은 고려 고종 21년부터 27년(1211~1278)까지 재임했던 김 구 제주판관 때라 한다. 당시 제주는 돌이 사방에 흩어져 있어 농토 이용률이 낮을 뿐 아니라, 경작지의 경계가 없어 이웃 간 다툼이 많고, 가축을 놓아 기르면서 피해가 늘어 불편이 있었다. 이를 본 판관은 돌을 모아 경작지의 경계선을 만들고, 집마다 돌담을 쌓도록 했다고 한다. 새로 쌓은 밭담과 집의 울담은 갈등을 해소하는 방법이 되었고, 방풍의 역할도 해줘 바람의 피해도 줄이고 굴러다니는 돌의 처리로 농토도 넓어져 효과를 얻게 되었다고 전해 온다. 슬기롭고 현명한 분이었다.

외담은 돌이 서로 기대어서 하나가 되게 쌓아야 한다. 홀로 외롭게 올려놓으면 안 된다. 외담 중 돌 하나를 잡고 흔들면 돌담 전체가 미세하게 같이 흔들려야 한다. 서로 기대어 친구처럼 어깨를 끼듯 무게중심을 생각하며 하나씩 쌓아 올린다. 외담은 무게중심을 가운데로 모여지도록 쌓는다. 돌을 굴리면서 제자리를 찾아야 하고 바른 위치에 들어가야 한다. 쌓고 나면 휘고 무너졌던 외담이 편한 모습으로 보인다. 어떤 일이든 시작이 있으면 끝이 있기 마련이다.

밭담은 스스로 길을 내고 땅 위에서 살아 숨 쉬며 농업의 버팀목 역할을 해왔다. 제주 밭담이 '흑룡만리'라는 이름을 얻은 건 아름다움에 있다. 길고 긴 돌담이 제주 평야의 너른 땅을 작게 쪼개며 구불구불 뻗어 나가는 모습이 마치 검은 용을 닮았다 해서 붙은 이름이란다.

요즘 남아 있는 밭담의 길이를 이어 붙이면 약 2만 2천 미터 정도라 한다. 문화사적 가치를 인정받았다. 제주의 밭담은 소규모 공동체에 의해 쌓아 왔다. 경작하면서 나오는 돌을 먼 곳으로 옮기기보다 그 주위에 쌓는 편이 훨씬 쉽고 노동력도 덜 든다. 제주 전역에 걸쳐 형성된 밭담은 오랜 역사를 간직하고 있다. 멀리서 바라보면 한 폭의 그림을 보듯 밭담은 선인들의 지혜와 노력이 고스란히 담긴 문화유산이다.

밭담은 바람을 걸러내고 토양 유실을 막으며, 우마로부터 농작물을 보호하고 농지의 경계 표시 기능도 한다.

제주의 밭담, 미학이 돋보인다.

쌀의 날

여든여덟 번 농부의 정성, 8월 18일은 쌀의 날입니다.

매년 이날은 농림축산식품부가 쌀 산업의 범국민적 가치확산 및 쌀 소비 촉진을 위해 2015년에 제정한 '쌀의 날'입니다. 한자 쌀 미米를 팔십팔八十八로 파자했습니다. 한 톨의 쌀을 생산하려면 여든여덟 번 농부의 손길이 필요하다는 뜻에서 쌀의 날을 지정했습니다.

우리나라에서 쌀농사 시작은 신석기시대 후기, 서기 전 2000~3000년경이라는 기록이 있습니다. 그 뒤 삼국시대까지 원시적인 방법으로 이뤄졌습니다. 벼 기술이 전면적으로 파급된 것은 삼국정립三國鼎立 이후 1~2세기 경이라 합니다.

『삼국사기』에 백제의 쌀농사에 관한 기록이 많은 점으로 미뤄 삼국시대에 쌀농사가 상당히 발전하였음을 짐작할 수 있습니다. 우리 선조가 쌀을 먹기 전에는 잡곡을 주식으로 삼았습니다. 인류가 농업을 시작한 시기는 약 1만 년 전으로 이 무렵 세계 각 지역에서 곡식을 식량으로 재배하기 시작했답니다. 보리·밀·피·기장·조·수수 같은 잡곡류는 중동·인도·아프리카 지역에서 시작되어 중국을 거쳐 우리나라로 유입됐습니다.

쌀은 우리의 정체성이자 정서를 지배하는 대표적인 주식입니다. 하지만 어느 무렵부터 쌀을 대체하는 음식이 늘면서, 차려 먹는 밥보다 쉽게 때울 수 있는 간편식으로 바뀌고 있습니다. 요즘엔 가구당 쌀 소비량이 서서히 줄어들고 있답니다. 쌀의 주성분인 탄수화물이 비만과 당뇨를 부른다는 부정적 인식으로 오해를 받곤 합니다. 적정량의 쌀밥은 만성질환과 대사증후군 억제와 예방에 도움이 됩니다.

비만과 당뇨의 주범으로 생각했던 쌀밥은 오히려 이를 예방합니다. 탄수화물은 일상생활에 필요한 만큼만 에너지원으로 소모되고 나머지는 중성지방으로 전환되어 축적됩니다.

〈동의보감〉에는 나이 들수록 죽을 권유합니다. '새벽에 죽을 먹으면 가슴이 뚫리고 위장을 보양하며, 진액이 생겨나고 종일 기분이 상쾌하며, 보하는 힘이 적지 않다.' 합니다. 또한 공부하는 학생이나 직장인에게는 뇌수腦髓를 채워 총명하게 되고, 늦은 밤 죽을 먹으면 머리를 좋게 하고 눈을 밝게 해준다고 했습니다. 설사 증상이 있는 분은 죽을 자주 드시면, 끈적끈적한 죽의 점성으로 설사를 멎게 합니다. 쌀에 들어 있는 단백질은 필수아미노산인 라이신이 밀가루나 옥수수보다 2배 많아 혈중 콜레스테롤과 중성지방 감소에 효과적입니다. 쌀의 섬유질은 구리, 아연, 철과 결합해 해로운 중금속이 몸에 흡수되는 걸 방지합니다. 여기에 지방, 비타민, 미네랄 같은 필수 영양소도 고루 함유되어있어 영양학적으로도 뛰어납니다.

식품영양학자들은 쌀밥을 하루 세끼 똑같은 양으로 먹었을 경우, 체내 포도당이 항상 일정하게 유지돼 살이 찌지 않는다고 합니다. 두뇌 회전과 신진대사를 도와 활력이 넘치면서 생활에 도움이 된다고 하네요. 최근 밀가루와 육류섭취로 비만과 성인병 환자가 많은 미국과 유럽에서는 쌀 소비가 서서히 늘고 있습니다. 우리와 반대입니다. 쌀은 건강을 유지하는 중요한 곡물로, 매일 세끼의 밥은 곧 보약을 먹는 것과 같습니다. 실천이 중요합니다. 우리 민족과 영원히 함께할 쌀, 소비량이 매년 감소하고 있어 안타깝습니다. 이제라도 쌀의 기능성을 올바로 인식하고 지켜야 합니다. 쌀은 단백질 공급원으로 노화 방지에 효과가 있습니다.

쌀의 의미를 되새기며, 범국민적 소비 촉진 운동으로 확대해 나가길 기대합니다.

제4부

한글의 위대함

자신이 저지른 허물과 게으름을 들여다보는 것이

분수를 아는 것입니다. 사람은 자기 분수에 맞는

삶을 살아야 합니다. 그래야 편합니다

가을과 인생

10월은 가을의 끝자락, 아스라이 지난날이 떠오릅니다.

23일은 일 년 중 서리가 내리기 시작한다는 상강입니다. 겨울잠을 자는 벌레도 땅에 숨는다고 합니다. 속담에 가을에는 부지깽이도 덤빈다는 말이 있습니다. 쓸모없던 것까지도 일하러 나선다는 뜻이지요. 봄에 씨 뿌려야 수확의 기쁨을 누립니다.

인생을 계절로 보면 80대는 한겨울의 백설 모습이랍니다. 지구상의 모든 것은 때가 있지요. 계절은 어김없이 제 위치를 찾습니다. 인생의 계절도 그랬으면 좋으련만 이것만은 순서대로 이뤄지지 않습니다. 살다 보면 뜻하지 않게 어려움을 겪기도 하고, 예상치 못한 일들로 시련과 고난에 힘겨울 때도 있습니다.

40여 년 전 아내와 감귤밭에서 구슬땀을 흘렸던 일이 엊그제인 듯 선합니다. 해마다 감귤나무는 죽고 있어 수명이 한계점에 이른 것 같습니다. 70년대 감귤밭을 조성할 무렵 젊은이는 30대, 나는 불혹의 나이에 시작했지요. 나무가 20년 될 무렵 정년퇴직할 때는 이순이었습니다. 과잉 생산되면서 감귤값이 하락하자, 제주도와 농업기술원이 품종 갱신으로 만생종 재배를 권장했습니다. 참여 농민에게 정부 지원자금과 저리로 은행 융자를 해줬고 젊은이들이 많이 동참했지요. 당시 노인들은 영농 후계자가 없어 참여하지 못했고 지금도 노지 재배를 합니다.

그래도 돌이켜보면 고생은 했으나 경제적으로 생활에 큰 도움이 됐고, 애들이 객지에서 공부할 수 있었습니다. 학비 때문에 남에게 사정해 본 일은 없었지요.

가을과 인생을 비교해 봅니다. 가을은 인생의 황혼기입니다. 자식들은 나이 든 부모 봉양을 잊은 지 오래됐습니다. 삼강오륜의 도덕을 모르는 것은 누구를 탓할 수 없지요. 부모가 자식을 잘못 가르친 책임이 큽니다. 나이 들어 자녀에게 손 벌리면 추하게 보입니다. 명절이나 기념일에 손주들에게 입은 닫고 주머니는 풀어야 어른 대접을 받습니다.

늦었다고 할 때가 빠르다고 했습니다. 나이 들수록 움직여야죠. 건강은 건강할 때 지켜야 합니다. 오랫동안 걸으면 묘하게도 기분이 좋아지는 것을 경험해 본 적이 있을 것입니다. 이는 뇌에서 분비되는 베타엔돌핀과 도파민 까닭입니다. 이 호르몬은 일정한 속도로 30분 이상 걷기 운동을 하면 분비되고 스트레스와 우울증을 완화시켜 줍니다. 걷는다는 것은 매우 쉽지만 뛰기나 자전거 타기보다 살을 빼는 데 훨씬 효과적이랍니다. 미국의 한 연구팀이 측정한 결과입니다.

인생의 세 가지 중요한 진실이 있습니다. 지금. 옆 사람. 하는 일입니다. 내 인생은 내가 곧 주인입니다. 10월의 가을도 깊어 가고 한 해를 돌이켜보는 시간입니다, 단풍잎이 물들수록 가을이 익어 갑니다. 가을 국화 향기 서서히 물들면 기다리던 그리운 사람을 만나고 싶습니다. 창문을 두드리는 노란 옷을 갈아입은 단풍잎. 그 잎 떨어지면 겨울이 서서히 다가옵니다.

　자신보다 남을 이해하고 싶은 것이 배려입니다. 가장 소중한 사람이 곁에 있다는 건 행복입니다. 우리는 돈과 물건을 낭비하는 것은 아깝게 여기면서도, 자신의 정신과 마음을 하찮은 일에 허비하는 것은 아깝다고 생각하지 않는 경향이 있지요. 마음을 통한 자기 암시는 삶의 소망을 이루는 작은 기적을 만들어 가는 놀라운 힘이 됩니다. 늘 긍정적으로 생각하고 적극적으로 행동해야 할 가을 길에 들어섰습니다. 마음가짐이 중요합니다.

　건강하면 다 가진 것입니다. 오늘도 일상에 감사합니다.

기억과 기록

분수도 모르고 초등학교 다닐 때였지요. 기억력이 좋아 공부 잘하는 친구를 보면 부러웠답니다. 그들과 같은 환경에서 배웠으나 성적이 뒤떨어졌습니다. 돌이켜보면 이해하지 못한 상태에서 마구잡이로 암기하지 않았나 합니다. 시험 칠 때 기억이 떠오르지 않아 정답을 못 썼으니 당연히 점수가 낮았지요. 이해해야 암기하기 빠르고, 그렇지 않으면 빨리 기억이 떠오르지 않아 헤맸습니다. 사람의 기억은 한 가지가 아니라 그 속성에 따라 다양하게 나눌 수 있습니다. 시간에 따라 단기나 장기로 구분하기도 하지요. 단기기억은 경험한 것을 수 초 동안 의식 속에 유지하는 기억입니다. 반면 장기기억은 오랫동안 잊히지 않는 기억이죠. 평소에는 늘 기억하진 않지만 무슨 일이 있으면 떠오릅니다. 친척들이 명절에 보이면 녹음기처럼 되풀이하는 조상님의 이야기입니다. 장기기억은 기간의 한계가 없이 한 번으로 전환돼 여간해서 지워지지 않는다고 하네요. 지난날 사십 대 중반부터 오랫동안 종친회 업무에 참여했었지요. 당시 회장은 나보다 열네 살 많습니다. 그분은 한 번 전화한 후 여러 날 지난 뒤에도 그 번호를 정확히 기억합니다. 그의 기억력에 모든 종친이 놀라곤 했답니다.

역사는 문자 그대로 과거에 있었던 사실만 기록하는 것이죠. 독일의 랑케는 이렇게 말했습니다. "역사적 자료에 충실하며 편견 없이 객관적 입장에서 역사를 서술해야 한다." 역사가는 사실을 기록할 뿐이며 자신의 어떠한 견해도 첨가하지 않아야 한다는 것입니다. '1945년 해방이 됐다.'라는 사실 그대로 객관적 역사입니다. 사실 자체를 강조했기 때문에 실증주의 사관이라고도 합니다. 최근 전 세계적 사회문제인 '코로나19'에 대한 현 정권의 대응에 관하여 객관적 사실에 '잘했다, 잘못 했다.'를 평가를 한다면 10년, 100년 후 이는 기록으로서 역사로 후손들이 참고할 수 있을 것입니다. 기록으로서의 역사는 역사가의 해석을 강조했기에 상대주의 사관이라고도 합니다

일기를 쓰려면 머릿속으로 그날 어떤 일이 있었는지 떠올려 생각해 봅니다. 이렇게 어떤 일을 잊지 않고 머릿속에 새겨 두거나 다시 생각해 내는 것을 '기억'이라고 하지요. 기억은 과거입니다. 기억은 우리 머릿속에 남아 기록이 됩니다. 사진이나 영상 또는 글처럼 명확하게 남는 것은 아니지요. 뇌 어딘가에 신호로 저장될 것입니다. 재미있는 것은 이런 기억이 항상 100% 정확하진 않다는 것입니다. 기억은 시간이 지남에 따라 희미해 갑니다. 희미해진 시·공간에 다른 그럴듯한 기억을 대체시킵니다. 그래서 기억은 왜곡될 수도 있습니다.

하지만 왜곡된 기억을 우리는 인지하지 못합니다. 당연히 그게 사실이라고 믿지요. 어느 지점에서 자신이 착각했구나 하고 알아차릴 수도 있지만, 그러지 못할 때도 많습니다. 그래서 불안정한 기억 대신 확실한 방법을 선호합니다. 문자나 그림 또는 영상들이 있습니다. 종이에 문서로 남겨 기록을 하거나, 사진을 찍지요. 요즘엔 자료로 저장해 두기도 합니다. 사회엔 방대한 기록물을 관리하는 전문 관리사들도 있습니다. 과거엔 역사를 기록하는 사관들이 있었고, 오늘날엔 국가기록원 같은 기관들이 일을 맡아 처리하지요.

이처럼 기억은 불안정하고 불확실합니다. 인간의 기억 수십 개보다, 반듯한 종이에 적힌 글자가 더 그럴듯하고 확실한 것으로 믿습니다. 인간이란 얼마나 의존적인가를 알 수 있습니다. 인간의 기억을 담당하는 뇌도 나이가 들면 쇠약해갑니다. 노화가 될수록 더 그렇지요. 물론 종이나 자료들도 시간이 지나면 변합니다. 인간은 나이 들수록 신체 기능도 쇠퇴하는데, 뇌의 경우엔 기억력을 잃는 치매를 앓게 될 수도 있습니다. 치매에 걸리면 평생의 기억들이 희미해진다고 합니다. 다른 기억으로 대체되는 게 아니라 아예 순백 무無의 상태가 된다는 것이지요.

흔히 치매를 인간에게 가장 비극적이고 비참한 병이라고 말합니다. 주변에 가장 가까운 사람들에 대한 기억을 잊어버리기 때문이죠. 그러나 그보다 더욱 비참한 것은 따로 있습니다. 바로 자아를 잃는 것. 내가 누구인지를 아는 것은 인간의 뇌가 반드시 기억해야 할 최후의 보루입니다. 자신을 잃는 것보다 큰 슬픔이 어디 또 있을까요. 나를 잃어버리는 것은 상상할 수 없는 일입니다. 하지만 치매의 경우 자신을 잃어버렸다는 사실조차 인지하지 못합니다. 비참함 속의 비참함입니다. 평생이 송두리째 부정당하는 것입니다. 그래서 요즘 기록하는 삶을 지향하고 있습니다. 기억은 금방 사라질 수 있지요. 그러나 기록은 다릅니다. 또한 인간은 기록을 통해 기억을 떠올릴 수 있습니다. 기억과 기록은 상반된 것이 아닌, 보완적인 관계입니다. 내가 남기는 글들은 기록이 되어 나 그리고 누군가에게 또 다른 기억으로 전해질 수 있는 것입니다. 내 기억과 존재가 희미해지더라도 말입니다.

"명석한 두뇌보다 몽당연필이 낫다."라는 경구가 떠오릅니다.

한글의 위대함

10월 9일 한글날은 올해 574돌로 국경일입니다.

우리의 공식 언어인 한국어를 표기하는 문자로 600여 년 전 세종대왕님께서 창제하고 반포하셨습니다. 한글의 우수성은 과학적이고 체계적인 창제원리에 있습니다. 한글은 소리를 담는 표음문자이며, 그중에서도 음성을 담는 음소문자입니다. 한글의 자음은 발음기관의 모양을 본떠서 만들었고 혀의 위치, 입술 모양을 근거로 했습니다. 기본 자음은 'ㄱ·ㄴ·ㅁ·ㅅ·ㅇ'의 5개이며 각각의 기본 자음에 획을 추가하여 ㄲ·ㅋ 과 같은 글자를 만들었습니다. 모음은 하늘과 땅, 사람을 본떠서 만든 천지인天地人을 바탕으로 하고 있습니다. '·', 'ㅡ', 'ㅣ' 3개의 모양의 조합만으로 모음 체계를 완성하였으며 다양한 발음을 모두 표현해낼 수 있게 만들었습니다.

태극기 걸기는 보통 오전 7시부터 오후 6시입니다. 국경일이라 아침 6시에 대문간 바깥 왼쪽에 매달았지요.

최근 신문 기사를 보면 순수한 한글로 쓰면 될 말을 굳이 외래어로 쓰는 경우를 흔히 볼 수 있습니다. 좋은 우리말이 있는데도 보편화 경향성을 내세우며 외국어로 표현합니다. 이를테면 '마음'이란 우리말을 마인드, '비대면'을 언택트, '통합돌봄'을 커뮤니티케어, '관찰'을 모니터링, '도덕적 의무'를 노블레스 오블리주 같은 용어를 거리낌 없이 씁니다. 이는 혹여 자기 과시가 아닌가 하는 느낌이 들 때가 있습니다. 공동주택이나 여러 세대의 이름도 외국어로 래미안 슈르, 힐스 데이트, 그린파크, 휴먼시아, 메타폴리스 같은 명칭입니다. 상점이나 음식점 같은 곳도 마찬가지입니다. 더구나 우리말에 앞장서야 할 관공서의 동사무소 명칭 '주민센터' 센터는 외래어로 어떤 활동의 중심부입니다. 동장의 명패는 주민센터장 아니라 '동장'이라 쓰여 있습니다. 통치권자의 권한이라 하겠지만 지나친 감이 듭니다.

이는 언어의 보편화가 아니라 추종적 모방이며 모국어의 특수성에 대한 용인할 수 없는 자해 행위가 아닌가 합니다. 문제는 그 한계를 어떻게 규정할 것인가에 있다고 하겠지만, 우리가 쓰는 한자 어원의 말 대부분이 일본식 쓰임인 점에 유념할 필요가 있다고 봅니다. 순수나 모방이 아닌 조화의 광장에서 우리의 말과 글이 보편적 세계상을 지니도록 하는 일에 모두 힘을 보태야 합니다.

초성은 혼자만 존재하면 아무런 의미가 없으나 종성이 붙어야 글자가 됩니다. 우리가 사용하는 모든 글자는 종성이 따라붙으면서 글자가 되는 것입니다. 여기서 '사람이 제일 중요하다.'라는 옛 조상님들의 사상을 엿볼 수 있습니다. 알고 보면 더욱 매력적인 한글. 소중히 여기고 써야 합니다.

문명국가 중 문맹률이 가장 높은 나라는 한국이라는 2010년 3월 어느 신문 광고문을 봤습니다. 눈길을 끈 이유로 한국의 문맹률이 2009년 1월 국립국어원 발표는 1.7%로 전 세계 국가 중 가장 낮다는데 놀랐습니다. 2008년 기준 한글사용 인구수는 세계 12위라고 합니다. 한글은 세계에서 가장 많은 발음을 표기할 수 있는 문자입니다. 중국어는 표의문자이므로 모든 글자를 다 외워야 하지만 한글은 영어와 마찬가지로 표음문자이므로 배우기 쉽습니다. 한글은 아침 글자라고도 합니다. 모든 사람이 단 하루면 배울 수 있다는 뜻이죠. 10개의 모음과 14개의 자음을 조합할 수 있어 배우기 쉽고 24개의 문자로 소리의 표현을 일만 천 개 이상을 낼 수 있습니다. 일본어는 약 300개, 중국의 한자는 400여 개에 불과하나 한글은 소리 나는 것은 거의 다 쓸 수 있지요. 한글은 많은 발음을 표기할 수 있는 문자입니다.

한글은 세계에서 가장 발달한 음소문자입니다. 음소문자란 쉽게 말해서 글자 하나하나가 하나의 소리를 낸다는 것을 말합니다. 예를 들면, 한글은 글자 그대로 읽고 필기체 소문자 대문자도 없지요. 반면 영어의 경우 대소문자 구별도 있고 글자 그대로 읽지도 않습니다. 영어는 알지 못하면 읽지도 못하는 글자이지만 한글은 기본 구성만 안다면 무슨 글자도 다 읽을 수 있습니다.

몇 년 전 프랑스에서 세계 언어학자들이 한자리에 모이는 학술회의가 있었습니다. 안타깝게도 한국의 학자들은 참가하지 않았는데, 그 회의에서 한국어를 세계공통어로 쓰면 좋겠다는 토론이 있었다고 KBS1, 96.10.9 보도 했었습니다.

영국의 '존 맨' 역사 다큐멘터리 작가, 그는 '알파 베타'라는 책을 썼습니다. 알파 베타는 물론 그리스어 'A'과 'B'를 말합니다. 이 책은 최근 '세상을 바꾼 문자, 알파벳'이란 제목으로 2003년 남경태 씨에 의해 우리말로 번역 소개됐습니다. 서양 문자의 기원, 나아가 세계 주요 언어의 자모字母의 연원을 추적한 이 저서는 한글을 '모든 언어가 꿈꾸는 최고의 알파벳'이라고 소개했습니다.

문맹률 조사대상국 78 나라 중, 한국은 69위 2%입니다. 문서해독 능력에는 네 단계가 있답니다. 국민 중 생활 정보가 담긴 각종 문서에 매우 취약한 1단계 비율이 전체의 38%로 OECD 회원국 평균 22% 수준에 크게 못 미치는 것으로 나타났습니다.

가장 한국적인 게 세계적인이라는 말을 생각해 봅니다. 우리가 쓰는 한글의 위대함을 느끼고 사랑해야 할 사람은 국민입니다. 10월의 선선한 바람이 불어옵니다. 윤동주 시인의 '서시'가 떠오릅니다. '한 점 부끄러움도 없길 바라는 마음' 앞에 어떻게 존재해야 할까. 한 번쯤 생각해 볼 문제가 아닌가 합니다.

순국선열의 날에 즈음하여

내일 11월 17일은 법정기념일인 순국선열(독립유공자)의 날이다.

1905년 을사늑약으로 대한제국의 외교권을 찬탈당한 날인 11월 17일을 기억하기 위해 1939년 대한민국 임시정부에서 이날을 기념일로 삼았다. 그 후 1997년 법정기념일로 제정, 국가보훈처에서 주관한다. 이날은 순국열사에 대한 공로를 기리고, 기념행사로 시 낭송과 공연 등으로 진행된다.

조선 시대는 의로운 일을 한 사람 중 양반은 의사, 평민은 열사라고 했었다. 의사와 열사를 민족 영웅으로 추모하고 기념하던 식민지 시기와 해방 초기까지도 특정 인물을 의사로만 혹은 열사로만 호칭하는 뚜렷한 기준은 없었다. 조선말 신분적으로 구분했던 양자의 구별이 폐지되면서 의사나 열사의 기준이 더욱 모호해졌다. 안중근 열사라는 기록이 나오는 것도 그 까닭이다. 반드시 기준을 정할 필요가 있다.

1970년대 원호처, 지금의 국가보훈처에서 산하 독립운동사편찬위원회가 기준을 확정했다. 순국선열로 의사義士는 무력으로 독립

운동을 한 분으로 안중근, 윤봉길이다. 열사烈士는 맨몸으로 독립운동을 하신 유관순, 이 준이다. 지사志士는 독립운동은 했으나 순국하지 않은 분으로 장지연, 서재필, 안창호다. 의병장義兵將은 군사를 일으켜 저항한 분으로 김좌진, 홍범도다. 독립운동 참여자는 약 15만 명으로 추산된다. 반면 호국영령은 국가의 부름을 받거나 자원해서 전장에 나가 적과 싸워 나라를 지키다 희생된 이들을 말한다.

1980년대 민주화운동과 노동운동 과정에서 수많은 열사가 등장했다. 노동해방 열사, 민족해방 열사, 통일열사 같은 독재 권력에 의해 혹은 스스로 몸을 불살라 죽음을 맞은 노동자, 농민, 학생이었다. 그들은 대체로 젊었고 죽음으로 그 대의를 드러내었기에 항상 '열사'로 기억되었다. 이들을 '열사'로 호명한 것은 정부가 아니라 민중운동 세력 스스로다. 오늘날 열사와 의사가 없는 시대에 살고 있다. 하지만 최근 생활에서 의로운 행동을 한 이를 '의인義人'이라 한다. 민족 영웅에 대한 의사와 열사의 관념적 구별과 함께 국가공동체가 아닌 생활공동체에 헌신한 인물에 대한 용어의 적용은 생각해 볼 문제가 아닌가.

현충일이 호국영령들의 넋을 위로하는 날로만 인식된 지 오래다. 또한, 학교에서 계기 교육으로서 학생들에게 순국선열과 호국영령에 관한 올바른 이념교육을 하고 있는지 의문이다. 순국선열의 날은 법정기념일이나 공휴일에서 제외됐다.

우리나라가 일본에 의해 강제로 주권이 빼앗겼을 당시 세계평화회의에 참가할 기회조차 박탈당했다. 참으로 분통한 일이었다.

순국선열들의 숭고한 희생이 있었기에 오늘의 대한민국이 있다는 것을 잊어서는 안 된다. 선열들의 희생으로 편히 살아가는 우리가 해야 할 일이 무엇인지 한 번쯤 되짚어 보고 그 희생을 기억해야 한다. 광복절이나 현충일에 비해 잘 알려지지 않았음은 물론 그 의미조차 잘 알지 못하는 게 현실이다. 우리가 여기까지 올 수 있는 과정은 수많은 혼란과 핍박의 역사 속에 그들의 희생이 있었기에 가능했었다. 순국선열을 추모하고 긍지를 갖기 위해서라도 기념일 정도는 잊지 않아야 하지 않을까. 공휴일로 지정된 현충일도 역시 순국선열과 호국 장병을 기리는 날이다. 순국선열의 날은 이 현충일보다 그 역사가 17년이나 앞서 있다.

내일 아침 조기를 게양하고 가까운 순국선열 기념식이나 추모제에 참석하면 좋겠는데.

세밑 상념

한 해를 마무리해야 하는 세밑 무렵, 아쉬운 날이 며칠 남지 않았습니다. 그동안 이뤄놓은 일을 차곡차곡 쌓아 튼튼한 나이테를 이뤄야 하는데 그렇지 못했습니다. 되돌아보면 뜻대로 이루지 못한 일들이 후회스럽기만 합니다. 얼마 남지 않은 시간이지만 희망으로 남아 있기에 그나마 감사한 마음으로 위안이 됩니다. 인간은 태어나면서 죽을 때까지 흔들리다가 사라지는 허무한 존재가 아닌가 여겨집니다. 세상에 변하지 않거나 영원한 것은 없습니다.

사람이 나이 들면 늙듯, 물건도 오래 쓰면 낡아 상흔이 남습니다. 고목도 언제인가는 제 자리에서 사그라지거나 누군가의 무자비한 톱날에 잘립니다. 허영이나 과욕의 꿈을 꾸다가 이루지 못하면 흔들리다가 쓰러지기도 하고, 그러면서 다시 제자리를 지키는 것이 우리의 삶이 아닌가 합니다.

인간은 사계 순환 과정을 겪으면서 농부는 절기節氣에 따라 농사를 짓습니다. 절기는 태양의 황경黃經에 맞춰 1년을 15일 간격으로 24등분 해서 계절을 구분한 것입니다. 이달 21이 동지로 일 년 중

밤이 가장 길고 낮이 가장 짧은 날입니다. 『동국세시기』에 따르면, 동짓날을 '아세亞歲'라 했고, 민간에서는 흔히 '작은 설'이라고 했답니다. 태양의 부활을 뜻하는 큰 의미를 지니고 있어, 설 다음 작은 설로 대접을 받았습니다. 요즘도 여전히 '동지가 지나거나 동지팥죽을 먹어야 한 살 더 먹었다.' 말합니다. 동짓날 일기가 온화하면 다음 해 질병이 발생해 많은 사람이 죽는다고 했으며, 눈이 많이 내리고 날씨가 추우면 풍년이 들 징조라고 전해 옵니다.

올해 초 계획을 세울 때 분수에 알맞은 실천 가능한 일을 하려고 했습니다. 삶에서 건강이 먼저입니다. 건강은 건강할 때 지켜야 한다는 생각입니다. 여름철 농장에 다닐 때 고향마을 버스 정류소에서 내려 농장으로 향해 오르막길을 20여 분 남짓 걸어갑니다. 남들은 건강관리로 산길을 걷는데 나는 그들과 동행하는 기분으로 걷습니다. 하루에 왕복 만 보는 걷는 편입니다.

2007년 7월 가족 사설 공동묘지 255평을 어승생 아흔아홉 골 한울누리공원 서쪽 200여m 부근에 사들였습니다. 조부모님 묘소를 먼저 이장하고, 그 뒤 증조부모님의 묘소도 함께 같은 날 모셨습니다. 1990년 과수원 밭에 어머니를 모셨으며 30년이 흘렀습니다. 어머니 돌아가신 후 7년 만에 아버지의 비석도 어머니 곁에 모셨었지요. 올해 음력 4월 윤달이 있었습니다. 오래전부터 벼르고 있었던 부모님의 묘소를 윤달 4월 초하룻날 옮겼습니다. 자식의 손으로 모시는 것이 도리입니다.

인생길이 서산에 걸리면 모든 것이 허망해 보입니다. 재산 명예

부귀영화도 한 줌의 흙과 같다는 생각이 듭니다. 큰소리치며 살던 사람이나 가난에 시달렸던 이도 늙어 병 들면 남의 도움을 받으며 여명으로 지내게 됩니다. 오늘 좋은 일이 내일까지 이어지길 바라지만 그때뿐입니다. 있다고 자랑 말고 없다고 실망하지 않고 현실에 적응하며 사랑을 베풀고 후회 없는 삶을 살면 얼마나 좋을까요. 아무리 좋고 나쁜 일도 그 순간 지나면 잊히게 됩니다. 살다 보면 돈 많거나 잘 나거나 많이 배운 사람보다, 마음이 편한 사람이 살갑습니다. 서로 간에 돈보다는 마음을, 잘남보다는 겸손을, 배움보다는 깨달음으로 배려할 줄 알아야 주변이 화평하지 않을까요.

가족이 별 탈 없이 지내고 있으니 고마운 경자년입니다. 나는 지금 어디쯤 와 있는지, 상념에 잠깁니다.

진퇴양난

1977년 감귤나무를 심었고 올해로 43년이다.

당시 사연이 있었다. 매년 연말이면 중앙회에서 각 시·도별로 연초에 직원을 감축하도록 인원이 배정됐었다. 책임자의 눈에 잘못 보이거나 배정된 예금 목표액을 달성치 못했을 때, 또는 민원에 오르내리는 사람이 우선 대상자가 됐었다. 사무실에서는 전 직원에게 사표를 쓰도록 강요했고, 사직원 첫머리는 '가정형편에 의하여 본직을 사직하고자 하오니…'였다. 일자는 공란, 이름을 쓰고 날인 후 제출했었다. 다음 해 3월쯤 돼야 본인에게 되돌려 줬었다. 1월부터 3월까지는 가시방석에 앉은 기분으로 일이 손에 잡히지 않아 능률이 떨어지고 절박한 심정으로 하루하루를 보내야 했었다.

불안했다. 당시 감귤 오천 평을 경작하면 퇴직 후 소일거리도 되고 생활에 도움이 될 것 같은 예감이 들었다. 남들은 재배 시기가 늦었으니 포기하라는 조언을 듣기도 했다. 그렇지만 나무를 심었다. 나는 직장으로 아내는 귤밭으로 나가 애지중지 나무를 보살폈다. 덕분에 감귤판매 수익금으로 아들 셋이 객지에서 대학교를 졸업할 수 있었다.

세월이 흘렀다. 1997년 유월 하순에 농협 생활 삼십 년을 끝으로 정년 퇴임하게 됐다. 당시 감귤나무는 심은 지 20년으로 왕성한 시기였고 열매가 잘 달렸다. 그 무렵 행정기관과 농촌지도소에서 간벌을 권장했다. 간벌하면 나무속 깊이 햇볕을 골고루 받아 당도가 높고 비료 뿌리기도 편하고 농약 살포도 쉽다고 했다. 또한 초지 재배를 해야 당도가 높다기에 외국산 바이아 글라스를 심었다. 그런지 모르나 당도는 다른 밭보다 조금 오른 것 같았다. 택배로 육지로 소비자에게 보내면 받는 분이 맛이 괜찮다는 반응이었다. 노력 한 만큼 보람을 느낀다.

세월의 무게에 나이를 먹는 것처럼 자연의 법칙을 거역할 수 없지 않은가. 심은 지 43년 지나면서 나무는 이제 노쇠기에 들었다. 해가 갈수록 나무껍질이 벗겨지면서 수지 병에 걸리는 나무가 부지기수다. 더구나 감귤 따는 인력이 모자라 울며 겨자먹기식으로 상인에게 밭떼기를 하게 된다. 12월 말까지 수확하기로 약속했으나 시세가 좋지 않다는 이유로 이듬해 2월 말에야 수확하는 경우가 있었다. 3월 말경 전정 시기에는 영양 결핍으로 고사하는 나무가 간간이 보인다. 빽빽하게 들어섰던 나무들인데 듬성듬성 빈자리가 늘어간다. 나무와 주인이 같이 늙는다. 나이도 있고 황혼길에 들어섰으니 품종경신도 못 하고, 어느 자식 하나 가업을 잇겠다고 선뜻 나서지 않아 망설이는 중이다.

올해는 초기에 극조생 감귤가격이 괜찮은 편이었다. 하지만 날이 갈수록 값이 내려갔다. 요즘은 극조생 끝마무리와 일반 조생이 겹쳐 출하되면서 값이 예상외로 하락하는 추세다. 일반 조생 감귤 처리가 문제다. 재작년에 밭떼기 거래하고 늦게 따는 바람에 피해를 많이 봤다. 아내는 일반 조생종을 밭떼기 거래하자고 한다. 상인에게 팔아 제때 수확하지 않으면 나무만 피해를 보게 된다. 나무는 주인에게 얼마나 원망할까 망설였다. 시세가 내려가는 추세라 상인도 발걸음이 뜸하다. 이미 사놓은 감귤 처리에 신경을 쓰는 것 같다.

재배 과정을 회상해 본다. 봄부터 3월 초에 유기질 비료를 흩뿌린다. 나무 밑으로 엉금엉금 등 구부리고 다녀야 한다. 3월 말경이면 아내와 나는 20여 일쯤 전정한다. 너무 웃자란 가지와 삭은 가지 병해를 입은 가지가 대상이다. 올봄에는 정부에서 지원하는 전동 전정 가위를 샀다. 사용해 보니 손목 힘이 덜 들었다. 꽃핀 후 적화는 하지 않았다. 열매가 자랄 때 작은 것부터 따기 시작했다. 어느새 극조생은 익어 가기 시작한다. 돌아다니며 병충해 입은 것을 골라 따낸다. 올해도 극조생은 산지 폐기가 시행됐다. 180 컨테이너를 폐기했다. 놉을 빌리면 일당 주고 나면 남는 게 없다. 1킬로 180원이다. 하루 20 컨테이너 따면 7만 2천 원이 된다. 일당 8만 원, 밥값 8천 원이다.

극조생 감귤은 택배처리로 무난히 끝냈다. 하루에 아내와 15킬로 100상자를 포장하려면 다섯 시간 걸린다. 주위에 도와주는 이가 있어 큰 도움을 받았다. 그나마 다행히 자동차가 농장까지 와서 싣고 가니 한결 수월했다. 이웃의 배려가 있어 세상은 살 만하지 않은가.

요즘 아내가 허리통증이 심하다며 물리치료를 받는 중이다. 지금까지 감귤 수확기에 아내는 아프다는 기색을 보이지 않았다. 일반 조생 감귤 처리가 문제다. 따놓기만 하면 창고까지 운반은 관리기가 있어 혼자 할 수 있으나 아내가 부정적이다. 나무를 생각하면 늦어도 연말까지는 모두 따내야 한다. 이달 말쯤 놉을 몇 사람 빌려서라도 수확해야 할 것 같다. 주인을 원망하는 나무가 애처롭다. 그 괴로움을 생각한다면 올해를 넘기지 않아야 할 텐데 고민이다.

아내가 내 뜻에 따라주지 않으니 이러지도 저러지도 못하고 있다. 진퇴양난이다.

재물보다 건강이 먼저

올해는 코로나19로 국내외적으로 경제적 타격이 많은 실정입니다.

송충이는 솔잎을 먹어야 한다고 합니다. 퇴직 후 감귤 농사에 매달렸습니다. 당시 60대 무렵이라 건강에 자신 있다는 용기로 놉을 빌리지 않고, 아내와 둘이서 오천여 평의 감귤밭을 관리해 왔었습니다. 수확하는 일 말고 전정, 시비. 농약 뿌리기, 어린 열매 따기, 풀베기는 둘이서 해결해 나갔습니다. 열매 딸 때는 일손이 모자라 놉을 빌려야만 했습니다. 그때 여자 일당이 25,000원이었습니다.

70대 중반부터 몸이 따라주지 않아 삼천여 평을 남에게 빌려줘, 이천여 평을 관리하니 놉도 빌리지 않고 열매 수확도 쉽게 해결할 수 있었습니다. 농약, 비료, 각종 자재, 인건비는 해마다 꾸준히 오릅니다. 20여 년 전 시세나 지금의 감귤값은 제자리걸음입니다. 요즘은 여자 일당이 80,000원입니다. 모든 일 놉을 빌려 농사지으면 농민의 손에 들어올 남는 돈은 없을 정도입니다. 지금의 수익은 아내와 나의 품삯에 지나지 않습니다. 운동하는 기분처럼 농장으로 갑니다.

올해는 아내와 10월 하순부터 극조생 일남 1호를 수확했습니다. 공판장에 출하했더니 예상보다 값이 많이 나왔습니다. 공판장장에게 고맙다고 하자, 상품의 질을 보고 당도가 높으면 제값을 받게 된다고 했습니다. 비탈진 밭이라 물 빠짐이 좋고 잡초를 키웠으니 한 몫 거들었던 것 같습니다.

요즘은 일반 조생 감귤 출하가 한창이나 지난해 이맘때보다 값이 내려가는 추세입니다. 코로나19 영향도 있으나 수입 농산물에 밀려 소비 부진으로 이어가는 것 같습니다. 어느 날 갑자기 아내는 허리가 몹시 아파 통증이 온다고 합니다. 여태껏 이런 일은 없었지요. 무거운 컨테이너는 제가 운반했으니까요. 난처했습니다. 상인과 밭떼기를 했습니다. 재작년의 절반 값도 못 받았지요.

몸은 겉으로만 보이나, 마음은 겉으로 보이지 않습니다. 자신을 통제하려면 음식, 운동, 수면 습관을 잘 관리해야 합니다. "30분의 산책은 100만 원을 저축하는 것과 같다고 합니다." 지금 운동하지 않으면 언젠가는 병원비로 지출하게 됩니다, 자신을 생각하고 꾸준히 매일 운동을 해야지요. 돈보다 중요한 건강, 건강할 때 현명하게 대처해야 합니다.

작년보다 올해가 다르고 또 어제보다 오늘이 다른 것은 몸의 늙어 가는 과정입니다. 몸의 노화를 느끼면서 건강관리에 신경 쓰입니다. 요즘 백세시대라고 하나 건강은 누구도 자신할 수 없습니다. 건강이 재산목록 1호입니다. 건강이 재물보다 더 중요합니다. 평소에 잘 먹고, 잘 자고 잘 배설 한다면 건강을 유지할 수 있답니다. 어떤 의사는 시간을 지켜서 자고 일어나라고 합니다. 적절한 쉼, 꾸준히 운동하고 날씨에 따라 옷을 입고, 영양가 있는 음식을 먹으라고 하지요. 그렇다고 진수성찬만을 뜻하는 것은 아닐 것입니다. 모든 일에 절제를 권합니다. 마음대로, 원하는 대로, 욕심대로, 제멋대로 해서는 건강에 도움 되지 않는다는 얘기지요. 먹는 것, 마시는 것, 일하는 것, 노는 것, 심지어 쉬는 것에도 절제가 필요합니다. 뷔페식당이 있습니다. 자주 드나들면 좋지 않습니다. 본전 찾으려다 절제력을 상실하기 쉽습니다. 매사에 서두르지 않아야 하고, 자신이 스트레스를 받으면 마음이 불안하고 힘들어 병들기 십상입니다.

모든 질병의 70%는 마음에서 온다고 하지요. 우리는 '빨리빨리'가 배어 있지만, 이제는 '천천히'를 연습해야 할 때입니다. 속도를 조금 줄여, 건강을 해치는 일은 없어야 하지 않을까요. 그렇다면 운동을 충분히 해야 합니다. 그래야 마음도 경쾌하고 즐겁습니다. 항상 즐거움을 유지해야 합니다. 언제나 즐겁게 살아가고 같은 말이라도 듣기 좋게 하며, 늘 보는 것이라도 즐겁게 보고 긍정적으로 생각하는 마음을 가져야 육체도 건강합니다. 마음이 불안해 흔들리고, 재미는 없고 짜증 나면 건강할 수 없지요. 항상 즐거운 사람의 특징은 잘 웃는 것입니다. 웃을 줄 모르는 사람은 근심, 걱정이 가득한 사람이라 했습니다. 즐겁게 지내지려면 방안에만 있을 게 아니라 바깥 공기를 항상 마셔야 합니다.

건강을 유지하려면 일을 지나치게 하지 말아야 합니다. 일 중독자는 제대로 놀지 못하지요. 일할 때는 열심히 하고 쉴 때는 마음껏

쉬어야 합니다. 쉴 줄도, 놀 줄도, 웃을 줄도, 모르고 일만 하면 혼자 있는 시간을 감당하기 어렵습니다. 그래서 건강을 해치게 됩니다.

걱정하지 않는 마음이 중요합니다. 세상만사 내 손에 달린 듯 인생의 운전사인 것처럼 생각하는 사람은 걱정, 근심, 불안, 초조, 긴장, 이런 것들로 감당하기 힘듭니다. 나중에 우울증에 빠져 살맛을 잃을 수도 있습니다. 영국의 시인 롱펠로우는 "기쁨과 절제와 휴식이 있으면 병원 문이 닫힙니다." 삶에 기쁨과 절제와 적절한 휴식이 있으면 의사를 찾을 일이 없답니다. 마음이 육체보다 더 중요하다고 여깁니다. 마음의 상처는 사람을 자살하게 하지만 육체의 고통으로 자살하는 이는 별로 없습니다. 그래서 일을 해야 한다는 것입니다. 병들지 않으려면 몸을 아끼면서 일을 하라고 합니다. 아무리 많은 재물을 가졌어도 몸이 망가지면 무슨 소용 있습니까. 재물을 얻기 위해 투자하듯 건강 하려면 젊고 건강할 때부터 열심히 체력 단련이 중요합니다.

누가 뭐래도 재물보다 건강이 먼저라는 생각입니다.

견디는 힘

　요즘은 초저녁이면 집 가까운 초등학교 울타리 바깥쪽 길을 걷습니다.

　학교 운동장 울타리 주변에 은행나무가 일정한 간격으로 보기 좋게 서 있습니다. 도로변에 떨어진 낙엽이 신발에 밟힐 때마다 삶의 한 단면을 보는 듯한 느낌이 다가옵니다. 낙엽은 파란 잎보다 노랑 잎이 훨씬 많습니다. 그들은 자연의 순리에 따라 농익은 차례대로 말없이 떨어집니다. 이치를 거역하지 않고 때가 되면 스스로 명줄을 놓습니다. 비슷해 보이나 아직도 푸르름을 뽐내는 특이한 종류의 나무가 하나 있습니다. 개량종은 아닌 것 같으나 똑같은 조건과 환경에서 자라는데 이상하다는 감이 옵니다. 한편 우리의 인생살이와 닮지 않은가 하는 예감이 듭니다.

　나무를 또 한 번 바라봅니다. 나뭇잎은 제때 떨어져도 젖은 낙엽이 되거나 바람에 날아갈 뿐입니다. 나뭇잎의 소임은 가지에서 아름답게 피어나고, 오래도록 매달려 있어야 풍성한 나무의 위상을 자랑합니다. 다른 나뭇잎들이 떨어진다고, 비바람이 분다고 일부러

추락할 필요는 없습니다. 끝까지 잘 견뎌 어린잎들이 가지를 뚫고 나오면 그때 자리를 물려주면 됩니다. 특이한 그 나무는 아마 어린잎들이 치열하게 밀고 나올 힘을 선물하려고 좀 더 오래 매달려 있는 것 같습니다.

어린 시절엔 견디기의 연속이었습니다. 공부에 취미가 없고 싫어도 책상에서 견뎠습니다. 친구들의 따돌림이 있어도, 대학에 가지 못해 눈총을 받았지만 어쩔 수 없었습니다. 군에서 기합이 아무리 세도 견디어야만 했지요. 이처럼 젊었을 적엔 무엇이든 견디기로 일관했던 것 같습니다. 고통과 시련까지도 견디기로 이겨낼 수 있었고, 두 다리에 힘이 있어 버틸 수 있었습니다. 견디다 넘어지더라도 다시 일어섰습니다.

주름이 깊어질수록 최고의 경지에 이르러야 하는데 그렇지 못했습니다. 사는 재미가 없더라도, 왜 살아야 하는가를 생각하면서 견뎌 왔습니다. 자식들이 속 썩이지 않아 고마웠습니다. 늙어 병 들고 고통스러워도 어떻게든지 그 과정을 견뎌야 합니다.

문득 과수원의 감귤나무가 떠 오릅니다. 제주도 농업기술원의 연구 발표한 '노지 온주밀감 수령별 경제적 가치' 자료에 따르면, 나무의 수명은 서귀포지역은 56년, 제주시는 52년이라고 했습니다. 단위 면적당 최고 결실기는 심은 지 30년으로, 다음 해부터 서서히 생산량이 줄어든다는 것입니다. 손익분기점은 45년으로 추정하고 있었습니다. 감귤나무 심은 지 올해로 43년 됩니다,

몇 년 전부터 봄이면 맥없이 죽어 가는 나무를 빈번히 볼 수 있습

니다. 이상한 생각이 들어 나무 주변의 흙을 파내고 자세히 살폈더니 밑동의 속 뿌리가 죽고 있었습니다. 겉으로 보기엔 멀쩡해 보입니다. 뿌리가 썩으면서 주변에 잡초가 무성히 자라고 작은 돌멩이가 그 자리를 지킵니다. 겉면의 힘으로 견뎌 내지만 몇 년 안에 생을 마감할 것 같습니다. 이제 수명의 한계점에 다다르지 않았나 싶습니다. 감귤나무의 '견디는 힘'의 끈질김에 한 수 배웁니다.

나이 들수록 가장 견디기 힘든 것은 몸이 내 마음대로 움직여지지 않고, 자꾸만 아픈 곳이 하나둘씩 늘어 갑니다. 노화가 진행되면서 근력도 빠져나가고 관절도 퇴행 됩니다. 젊은 적엔 몰랐던 관절 통증도 생기기 시작하고 걷고 뛰는 것에도 방해가 되기도 합니다. 몸 어딘가가 아프기 시작한다면 적극적으로 치료하고 관리해야지요. 나이 들면 늙는 것이야 자연의 순리지만, 근육이 쏙 빠져 볼품없는 노인이 되면 꼴불견일 것입니다. 나이 들수록 견디기 힘든 게 외로움이라 합니다. 누군가는 외로움의 무게가 죽음보다 열 배는 더 무겁다고도 했습니다. 자신이 지닌 재산의 크기보다는 나를 알아주는 벗의 숫자가 더 중요하다고 하네요.

산수를 넘기면서 언제까지 걸을 수 있을지 자신도 모릅니다. 얼마나 더 걸을 수 있을는지는 나의 의지에 달려 있습니다. 걸으면서 인내를 배우고, 꿈을 키우며 행복을 찾으렵니다. 걷는다는 것은 내 삶의 전부였고 쉼 없이 걸어온 길, 앞으로도 꾸준히 걸어갈 길입니다. 지구를 돌았다면 몇 바퀴 돌았을 걸음. 지금 황혼에 기울었으나 천천히 걷다 쓰러질지라도 계속 걷겠습니다. 인생이란 결국, 견뎌

내기의 연속이 아닌가요. 나이 들어 견디어내는 힘이 없으면 종말을 고하게 됩니다.

걸음이 멈춰서는 날 내 생의 마지막 날이 될 테니까.

분수에 맞는 삶

분수에 맞게 살면 욕됨이 없고, 기틀을 알면 마음이 차분해집니다.

자기 분수도 모른 채 날뛰는 사람을 보면 안타깝습니다. 분수에 맞게 사는 사람을 때론 옹졸함과 자신감 없는 이로 보일지도 모릅니다. 하지만 무리수를 둬 인생이 좌초되지 않으려면 반드시 지켜야 할 덕목德目입니다. 자신의 주제나 능력을 알지 못하면서 허세를 부리고 불가능한 일에 도전하는 사람을 주변에서 흔히 볼 수 있습니다. 욕구 충족보다는 의미를 채우는 삶이어야 합니다. 의미를 채우지 않으면 삶은 빈 껍질이나 다름없습니다. 인간관계나 사랑, 우정도 소유하려고 들면 비극이 될 수도 있습니다. 또 말 많은 사람도 신뢰감이 가지 않습니다. 내면이 허술한 까닭입니다. 말을 아끼려면 될 수 있는 대로 남의 일에 참견하지 않아야 합니다. 어떤 일을 두고 아무 생각 없이 무책임하게 남의 험담을 늘어놓는 것은 안 좋은 버릇이고 악덕惡德입니다. 남의 허물을 보지 않는 것이 좋습니다. 분수를 모르고 남의 영역을 침해하면, 자신도 해치고 인간관계도 손상하게 됩니다. 분수를 아는 사람은 더 바라지 않습니다. 분수를 지키는 사람은 먼 것과 가까운 것을 같이 볼 줄 압니다.

옛 어른들의 뜻은 선비는 "길이 아니면 가지 말라." 했으니 이를 겸허히 받아들여야 합니다. 공자의 제자 증자는 "군자는 생각하는 것이 자기 분수를 넘지 말아야 한다."는 말을 후학들에게 엄격하게 적용했고 이를 지킬 것을 강조했습니다. 분수란 자기 처지에서 마땅한 한도를 벗어나면 그것은 과욕으로 이를 경계해야 합니다. 분수를 아는 사람은 원願은 크게 두고, 공은 작은 데부터 쌓으며, 대우에는 괘념掛念치 않습니다. 오직 공덕 짓기에만 힘씁니다. 그 뒤 공과 대우가 돌아오게 되는 걸 압니다.

분수를 지키지 않는 사람은 반드시 패가망신한다는 많은 사례를 봐 왔고, 이를 지킨 사람은 성공했음을 수없이 들었습니다. 모든 이들은 나름대로 직분에 따라 분수를 알고 이를 지켜야 합니다. 톱니바퀴가 맞물려 있어 돌아가듯, 나사 하나라도 빠지면 금방 어긋나므로 분수는 스스로 알맞게 살아가는 길입니다. 선비들의 사상 속에는 항시 분에 넘치는 행동을 자제했고, 누가 안 보아도 자신을 낮추는 행동을 주저치 않았습니다. 반면 학식과 인덕을 높이는 것이라면 앞장섰으며, 사람을 속이고 탐하거나 훔치는 일을 하지 않습니다. 서로 비방하거나 헐뜯고 흥보는 것이라면 삼갔습니다. 사회 발전을 위해 자신을 희생하는 것은 역사의 원칙처럼 분수를 지켰습니다. 조선 시대 청렴의 상징인 김정국은 "두어 칸 집에, 두어 이랑의 전답, 겨울 솜옷과 여름 베옷이 각각 두어 벌, 서적 한 시렁, 거문고 한 벌, 차 다릴 화로 하나, 지팡이 하나, 나귀 한 마리." 이렇게 있으면 만족하다고 했습니다. 선비라는 이름 하나로 분수를 지킨 어른이지요.

분수를 아는 사람은 오래 살아도 싫어하지 않고, 짧게 살더라도 더 바라지 않습니다. 시간은 멈추는 것이 아님을 잘 압니다. 그런 분은 모든 것이 찼다가 기운다는 것을 예견합니다. 얻어도 기뻐하지 않고, 잃어도 걱정하지 않습니다. 분수를 아는 사람은 항상 자기 욕심만 채우려고 하지 않지요. 그 대신 무형의 진리, 세계의 창고를 채우려고 힘씁니다.

자신이 저지른 허물과 게으름을 들여다보는 것이 분수를 아는 것입니다. 사람은 자기 분수에 맞는 삶을 살아야 합니다. 그래야 편합니다.

제 5 부

노인과 어르신

삶이란 바른 답이 없습니다

내게 주어진 테두리 안에서

좋은 일을 하는 것이 참된 삶인가 합니다

비파나무와 어머니

비파枇杷나무 심은 지 50년이 지났다.

나무는 하늘 무서운 줄 모르고 담벼락보다 높게 자랐다. 어느 날 이웃집 할머니는 어머니에게 한 뼘쯤 되는 비파나무 묘목을 주셨다. 울타리 서쪽 담벼락 근처에 심었다. 거름도 주지 않았는데도 해가 갈수록 탈 없이 자랐다. 나무가 한창 자랄 무렵 애들이 여름철 뙤약볕을 피하려고 나무 그늘에서 지냈었다. 나뭇가지에 흑판을 매달아 분필로 구구단을 쓰고 외우면서 서로 티격태격 놀았던 정든 나무다. 나무가 자라며 뿌리가 굵기 시작했다. 옆집 담벼락이 무너질 것만 같은 불안감에 마음이 초조해졌다. 해마다 봄이면 서쪽으로 뻗는 가지는 사정없이 잘라냈다. 뿌리는 더 자라지 않는 것 같았으나 나무껍질이 벗겨지면서 떨어졌다. 용케도 그 자리에 새로 껍질이 생기면서 생을 이어 간다. 끈질긴 생명력이 놀랍다.

비파나무는 중국 서남부가 원산지로 우리나라에 들어왔다. 상록수다. 추위에 약해 남부 해안의 섬지방에서 자란다. 꽃은 늦가을부터 초겨울에 걸쳐 새끼손톱 크기만 한 하얀 꽃들이 가지 끝에서 위로 뻗은 원뿔 모양의 꽃차례에 핀다. 암술과 수술은 같이 있어 자기들끼리 수정이 가능하므로 특별히 다른 곤충이나 바람의 도움을 받지 않고도 열매를 맺는다. 늦봄부터 초여름에 걸쳐 열매가 익는다. 사과나 배와 같은 이과梨果로 표면에 털이 얇게 덮여 있다. 비파나무가 우리 문헌에 처음 등장한 것은 정몽주의 시문집인《포은집》이다. 식비파食枇杷란 이름으로 비파의 특징을 읊은 시 한 수가 실렸다.

어머니께 죄송하다. 내가 세상을 뜨기 전에 비파나무를 잘라내야 할 것만 같다. 바람이 불 때마다 나뭇잎이 이웃집으로 날려간다. 혼자 힘으로 자르기 어려울 것 같다. 어쩔 수 없이 전정 기술자의 도움을 받더라도 자를 수밖에 없는 처지에 놓였다. 그루터기 건너편에 빈 땅을 고르겠다.

내일 나에게 종말이 온다 해도 비파나무를 심으련다. 어머니의 모습이 간절해서.

한 해의 끝자락에서

오늘은 2020년의 끝자락, 나이 들수록 시간이 빠르게 흐르는 걸 느낍니다.

누구에게나 똑같이 주어진 시간을 어떻게 활용하느냐에 따라 삶의 질은 달라지리라는 생각이 듭니다. 책상머리에 앉아 올 한해를 성찰해 봅니다. 올해 초 뜻밖의 일을 당했지요. 큰누나의 사위는 나와 동갑내기입니다. 쾌활, 명랑해 붙임성이 좋아 얘기를 자주 나눴습니다. 그러나 말할 때는 꼭 '삼촌'이라는 말을 잊지 않았습니다. 평소 건강해 해마다 봄이면 자가용으로 아내와 고사리 꺾으러 다닙니다. 가을에는 꾸지나무 열매 따러 부부가 들판을 누비기도 했었지요. 암과 투병하다 여섯 달 만에 세상을 떴습니다. 3일 장 치르고 양지공원에서 화장해 사찰에 모셨습니다. 허망했습니다. 문밖이 저승이란 말이 남의 얘기가 아님을 실감했지요.

세상에 올 때는 차례가 있지만 갈 때는 순서가 없는 게 인생의 삶입니다. 이제 내게도 마음의 준비를 해야 할 시간이 가깝다는 걸 느꼈습니다. 올여름에 아내와 의논해서 연명치료 거부 사전의향서 등록하는 곳에 들렀습니다. 가족이나 자식들 힘들게 하고 싶지 않아서입니다. 나이 들면서 주변에 돌아가는 지인들을 보면, 불가능한 치료를 하며 연명하기보다 마지막 삶을 내 의지대로 살고 싶었습니다. 자필로 사전 의료의향서를 작성하고 손도장을 찍었습니다. 본인의 의사에 따라 언제라도 변경 또는 철회할 수 있답니다. 또한 사망진단이 내려진 후 나를 위한 장례 의식 절차와 바라는 형식대로 치러지기를 원하는 사전장례의향서도 있었으나, 작성하지 않고 좀 생각해 보기로 했습니다.

올 사월 어느 날, 써 놓은 글이 혼기를 놓친 자녀처럼 느껴졌습니다. 언젠가는 제품에서 떠나야 할 때가 된 것 같아 제3 수필집 『돌확의 추억』을 상재했습니다. 막상 책을 낸 후 잘못된 곳이 발견돼 좀 더 퇴고하지 못한 아쉬움과 자괴감이 들었습니다. 책은 낼수록 진전이 있어야 하는데 다람쥐 쳇바퀴 돌듯, 그 자리에 맴돌고 있으니 내 모습이 아닌가 자성해 봅니다.

음력 윤달이 지난 오월 하순에 있었습니다. 늘 마음에 부담이 돼 걱정하던 부모님의 묘소를 아흔아홉골 한울누리공원 서쪽 가족 묘지로 이장을 했습니다. 외지에 있는 가족은 빠짐없이 모였습니다. 증조부모님, 조부모님, 부모님까지 한 울타리에 모셨으니 자식의 도리를 했을 뿐입니다. 날씨도 쾌청해 무사히 마치고 나니 마음이 홀가분합니다. 아들까지는 벌초할 것 같으나 앞으로 장례문화가 어떻게 바뀔지 알 수 없으나, 아마도 손자가 벌초할 때쯤 변화가 있지 않을까 하는 예감이 듭니다.

돌이켜보면 여름에는 덥다고 시원한 그늘을, 겨울이면 춥다고 따스한 곳을 찾는 게 우리의 삶입니다. 한 해를 보내며 조금 더 잘할 수 있었는데 하는 아쉬움과 후회만 남습니다. 행복은 멀리 있지 않고 가장 가까운 내 마음 안에 있습니다. 등잔 밑이 어둡다는 말을 너무 쉽게 잊습니다. 눈으로 세상을 넓고 밝게 보는 습관을 지녀야 하나 그렇지 못했습니다. 큰일보다 작고 사소한 일들이 행복하고 즐거웠습니다. 산책에서 느끼는 휴식의 편안함, 시간의 흐름에 따라 다르게 느껴집니다. 걷는 속도를 늦출수록 시간은 느려갑니다. 걸으면서 희생한 시간은 보상을 받고도 남습니다

천년을 살 것처럼 앞만 보고 억척스럽게도 살아온 날들, 나와는 거리가 멀다고 생각했던 무심한 세월은 어느새 노년으로 몰고 왔습니다. 기껏해야 백 년 사는 것도 힘든 인생임을 알기에 마음속에 켜켜이 쌓여 있는 모든 욕심을 내려놓으려 합니다. 넉넉한 마음으로 배려와 용서로 채워 가기를 소망해 봅니다.

그 어느 해보다 많은 이에게 고통과 슬픔과 좌절, 시련을 안겨준 힘들었던 한해가 서서히 저물어 갑니다. 올해에 못다 한 일들은 모아서 내년에는 꼭 이루는 한 해가 되길 바라면서…. 나이 들수록 건망증이나 치매에 걸리지 않으려면 취미 생활과 걷는 운동에 달렸습니다. 오늘 걷지 않으면 내일은 뛰어야 합니다. 2021년 새해는 기쁨과 즐거움으로 웃음꽃이 만발하는 날로 이어졌으면 바랍니다.

새해도 건강하게 지내렵니다. 비결은 즐겁게 사는 겁니다. 그게 행복이죠.

새해의 바람

나를 차분하게 돌이켜봅니다.

2021년은 신축辛丑년입니다. 지난해 나는 어떤 삶을 살아왔는가, 곰곰이 더듬어 봅니다. 주어진 흐름을 헛되이 보내지 않으려고 뉘우칩니다. 갈수록 하루가 빠르게 지나감을 느낍니다. 어떤 일이든 처음 하는 일이 좋아야 마지막도 잘 마무리되리라 믿습니다. 첫 단추를 잘 끼워야 마지막까지 말썽 없이 끼워지듯, 삶에서 가장 무서운 것은 사람이 지켜야 할 마음씨가 눈 깜짝할 사이에 부서진다면 이는 있을 수 없는 일입니다. 올해는 이런 일이 없기를 다짐합니다.

내 몸 추스르는 일입니다. 누가 뭐래도 내 몸은 스스로 지켜야 합니다. 아프면 괴로움을 혼자 버틸 수밖에 없습니다. 날마다 가볍게 몸 움직이는 것을 게을리하지 않으렵니다. 몸이 튼튼한 뒤에 다른 일을 할 수 있습니다. 제 몸 하나 추스르지 못하면 아무리 가진 것이 많아도 쓸모없습니다. 밭으로 나설 때도 날씨 좋은 날 나들이 가듯 아내와 벗 삼아 오르막길을 걸으며 넓은 들판을 바라보면 마음이 한결 시원합니다. 일터에서도 일하다 좀 힘들면 그늘을 찾습니다.

먼 산을 바라보거나 정처 없이 흐르는 구름을 물끄러미 올려다보면 마음이 넉넉해 옵니다.

마음 비우는 일입니다. 비울수록 가볍고 비워야 들어갈 자리가 넓어집니다. 갖고 싶은 좋은 것을 봤을 때 지나치게 탐내거나 누리려 한다면 좋지 않습니다. 이웃과 함께 오순도순 지내면 아름답습니다. 남의 허물은 덮고 서로 다독거리고 잘못은 다듬고 고치는 일이 올바른 삶입니다. 작은 일로 응어리진 사람이 되기 전에 먼저 풀어야 합니다. 세상에 태어났음을 탓하지 말고 헛되게 살았음을 부끄럽게 여겨야 하지 않을까요. 자기 삶에 알맞게 살아야 이웃이 살갑게 다가옵니다. 삶이란 바른 답이 없습니다. 내게 주어진 테두리 안에서 좋은 일을 하는 것이 참된 삶인가 합니다. 위를 볼 게 아니라 아래로 내려다보며 사는 것이 바른길입니다.

올 한 해도 일 한 만큼 보람 있기를.

'때문에. 덕분에'

글쓰기보다 말하기가 어렵습니다.

글은 쓰다가 읽어 본 뒤 잘못 쓴 곳은 퇴고하면 됩니다. 그러나 말은 입 밖으로 한 번 나가면 주워 담을 수 없습니다. 마찬가지로 글자가 모여 책으로 제본되면 고칠 수 없지요. 버스 지난 뒤 손들기입니다. 책을 읽으면서 처음 보는 낱말이 보이면 국어사전이나 인터넷 검색란에서 찾습니다. 어떤 문장에서 굳이 쓰지 않아도 읽는데 전혀 불편 없는데도 '때문에'란 단어를 쓰는 경우를 이따금 볼 수 있습니다. 인간은 살면서 다양한 관계를 맺고 지냅니다. '때문에'와 '덕분에'라는 말은 대인, 대물 관계를 연결하는 고리로 사용됩니다. '덕분에'라는 말은 고마움과 감사의 뜻이 담겨 있습니다. '때문에'란 말은 양면성을 지니고 있지요. 때로는 고마움과 감사의 뜻을 내포하기도 하지만, 대부분 원망, 불만, 질책을 드러낼 경우가 많습니다. 주어 뒤에 서술적인 문구가 없이 직접 '때문에'가 붙으면 대부분 원망스러운 심정을 토로해 내는 것입니다.

속담에 "못된 것은 조상 탓."이라 합니다. 사람들 가운데는 자기가 못 사는 이유는 "조상을 잘못 만났기 때문에"라거나 "부모로부터 물려받은 재산이 없었기 때문에"라고 합니다. 지난날 두 형제가 성장해 형은 알코올 중독자가 되었고, 동생은 유명한 변호사가 되었습니다. 기자가 형에게 먼저 어떻게 알코올 중독자가 되었는지 물었습니다. "그는 중독자였던 아버지 때문입니다. 아버지가 중독자였으니 자식도 그렇게 되는 게, 당연한 게 아니겠습니까." 이번에는 동생에게 어떻게 변호사가 되었는지 물었지요. "알코올 중독자였던 아버지 덕분입니다. 아버지처럼 되고 싶지 않아서 열심히 공부했습니다." 이처럼 원인이 자기에게 있지 않고 남에게 있다고 탓하는 것입니다. '때문에'라는 단어를 입에 달고 사는 이는 대부분 소극적인 성격이거나, 인생에 자신 없어 실패한 사람들입니다. 책임감 없고 고마움을 모르는 사람들이지요. 어떤 이는 살면서 누구 때문에 내가 이렇게 힘들다며 원망합니다. 늘 때문에 하다가 결국 불행으로 끝을 맺게 됩니다. 다른 이는 누구 덕분, 덕택에 일이 잘됐다면서 날마다 즐겁다는 사람은 하는 일도 잘 풀립니다.

상부상조하고 배려하며 사는 게 인간입니다. 그래서 사회적 동물이라 하지요. 세상에는 작은 관심에도 감사하고, 하찮은 도움에도 고맙게 여기는 사람들이 있습니다. 그들은 언제나 "하느님 덕분에", "부처님 덕분에", "부모님 덕분에", "선생님 덕분에", "형님 덕분에", "당신 덕분에", "자네 덕분에" 같은 '덕분에'라는 말을 자주 씁니다.

'때문에'라는 말을 자주 쓰는 사람을 만나면 피곤합니다. 대화하고 나면 뒷맛이 개운치 않지요. 때로는 배신감을 느끼는 기분이 듭니다. 다시는 만나고 싶지 않은 충동감마저 느낍니다. '덕분에'라는 말을 즐겨 쓰는 사람은 만나면 반갑습니다. 대화하고 나면 여운이 상쾌합니다. 따라서 보람을 느끼고 더 관심을 가져 도와주고 싶은 마음이 떠오르게 됩니다. 감사해야 할 일에 고마움을 표시하는 일은 관심이 있으면 누구나 할 수 있지요. 더구나 어려운 환경과 좋지 않은 결과를 보면서도 '때문에'가 아닌 '덕분에'라는 말을 사용하는 것은 쉬운 일이 아닙니다. 부단한 훈련과 자기 수양을 통해서만 가능한 일입니다. 글쓰기도 마찬가지 아닐까요.

돌이켜보면 감사해야 할 일들이 너무 많습니다. 바쁜 생활 속에서 감사라는 말이 인색하고 무감각하게 지나친 시간이 많았음을 느낍니다. 저마다 살려고 몸부림치는 경쟁 속에 파묻혀 부지불식간에 '때문에'를 연발하지 않았는지 자성해 봅니다. 언제 어디서 누구를 만나든 '덕분에'란 인사를 하렵니다. 하루에 몇 번이라도 자연스럽게 '덕분에'가 나오면 더할 나위 없이 좋으련만, 그렇지 않으면 의도적으로라도 쓰렵니다.

저를 아는 모든 분, 올해도 지도해 주시길 바라며 덕분에 건강히 지내렵니다.

가시가 있고 없는 나무

나무는 가시가 있고 없음에 따라 분류합니다.

나무는 인간에게 큰 선물을 줍니다. 역사를 통해 그의 진실과 존재의 가치를 배웁니다. 따라서 기질을 읽히며, 뿌리에서 가치를 찾고 잎을 보면서 변화를 읽습니다. 모든 식물은 제각기 특성이 있습니다. 밭에 감귤원을 시작할 때 바람막이로 삼나무를 심었지요. 이웃 동편 밭은 삼나무 하나 심고 이어서 탱자나무를 번갈아 가며 심었습니다. 봄에 탱자나무가 울타리를 넘어와 가지치기할 때 성가셨습니다. 지금 그 밭은 폐원한 지 오래됐습니다.

나무는 인간에게 편의를 제공합니다. 한때는 정원에 유실수를 심도록 권장했었습니다. 나무는 열매뿐만 아니라 새순, 어린잎은 물론 꽃 뿌리까지 먹거리로 보탬이 되기도 합니다. 더구나 자연재해를 막아주는 역할을 하지요. 단단히 땅에 뿌리를 내리고 그 힘으로 흘러내리기 쉬운 산의 토사를 보호합니다. 사방공사로 많이 심는 나무는 오리나무, 아까시나무, 리기다소나무 들입니다. 사람들이 오가며 흙을 단단히 밟아 비가 많이 올 때도 산을 지켜줍니다. 주변의 땅보다 더 깊이 패었어도 뿌리로 흙을 감싸 유실을 막습니다. 바닷가에 심은 나무는 강한 바람을 막아주기도 하지요.

도시의 가로수나 공원수들은 여름에 따가운 햇살을 가려주거나 시원한 그늘을 마련해 주기도 합니다. 가로수는 사람들이 무한정으로 뱉어내는 이산화탄소를 흡수하고, 산소를 뿜어내는 도시의 허파 노릇도 합니다. 나무를 가까이하면 몸과 마음이 치유됩니다. 또한 삭막한 도시의 삶을 풍요롭게 만들어갑니다. 콘크리트 건물만 있는 거리에 가로수를 심으면 그 쓸쓸함을 덜어주기도 합니다.

과수원에 밀식된 굵은 삼나무는 간벌한 뒤 주로 산책로 오르막길의 흙이 내려가지 않도록 계단을 만들 때 사용합니다. 소나무는 쓰임새가 많은 나무 중 하나입니다. 솔잎은 향의 원료로, 소화불량 강장제로도 쓰입니다. 꽃과 송진은 약재의 원료가 됩니다. 소나무의 꽃가루를 송홧가루라 했고 차로 만들어 먹었으며, 중국 송나라 때는 고려산 송화를 최고로 쳤답니다. 중국의 옛 의서나 동의보감에서는 송홧가루를 약재료로 표기했습니다. 소나무 목재는 질이 좋아 사찰을 지을 때 기둥, 서까래, 대들보 같은 건축자재로 주로 사용 했었습니다. 전통 사찰은 반드시 나무로 지어야 문화재로 승인해 줍니다.

가시 많은 나무를 볼 수 있습니다. 탱자나무, 찔레꽃나무, 장미꽃나무, 아까시나무 가시오가피나무 같은 종류가 있고 굵기가 굵지 않은 게 특징입니다. 가시가 없어야 큰 나무로 자라서 집도 짓게 됩니다. 가시는 남을 찔러 아프게 합니다. 상처를 내거나 피를 흘리게 하지요. 사람의 입을 거쳐 나온 말의 가시, 손발을 잘못 놀려 나온 몸의 가시, 욕심을 통해서 나온 마음의 가시가 있습니다. 마음이 너그럽지 못하면 대인 관계가 원만할 수 없겠지요. 모난 돌이 정 맞듯 마음의 가시는 자신이나 남을 힘들게 합니다. 가시 없는 나무는 여러 가지 용처로 씁니다. 나는 가끔 인간관계에서 보이지 않는 모난 성격으로 가시를 만드는 일을 하지 않았는지 자성해 봅니다. 모난 성격은 상대방이 환영해 주지 않습니다. 지금도 말이나 글의 가시로 남의 마음을 찌르거나 할퀴고 있을지도 모릅니다. 늘 신경을 씁니다.

학교에서 배움은 공부만이 아니라 세상을 알아가기 위함입니다. 인간이 학문을 탐구하고 많은 공부를 하는 것은 가시 없는 사람을 만들기 위함이 아닐까요. 공부나 독서를 통해서 다른 사람들과 이웃을 이해함으로써 합리적인 판단을 하게 됩니다. 배움은 지식을 습득하고 더 나은 발전을 만들어 가는 계기가 되므로 중요합니다, 성격을 순화시키고 자신감과 책임감을 이루게 만들지요.

온유한 마음으로 하루를 자성하는 시간 속으로 잠깁니다.

나무와 숲의 소중함

식목일은 숲을 사랑하고 나무를 심는 기념일로, 매년 4월 5일입니다. 이날로 정한 것은 24절기의 하나인 청명 무렵이 나무 심기에 가장 적합하다는 이유도 있습니다. 신라가 삼국통일의 위업을 달성한 날 음력 2월 25일로 조선 성종이 동대문 밖 선농단에서 직접 밭을 일군 날 1493년이 바로 이날이라는 설도 있습니다. 삼림은 지구 온난화 방지라는 가치 외에도 목재 생산 같은 각종 부산물을 제공해 줍니다. 1946년 식목일을 정해 국가적으로 나무를 꾸준히 심은 결과 민둥산이 사라지고 나무가 우거졌습니다. 하지만 요즘은 안타깝게도 봄철 나무를 심는 사람이 갈수록 줄고 있습니다. 오히려 잘 가꿔놓은 숲을 일시에 잿더미로 만드는 산불이 자주 일어나는 실정입니다. 2006년부터 식목일이 법정 공휴일에서 제외되면서 사정은 더욱 좋지 않습니다. 달력에 '빨간 날'이 사라진 뒤로는 식목일마저 잊혀 가는 실정입니다.

더워지는 지구를 지키는 좋은 방법은 화석연료 사용 감축과 나무를 심고 숲을 가꾸는 것입니다. 유엔식량농업기구에서 발표한 자료에 따르면 매년 6,400만 ha의 숲이 파괴돼 사라지고 있답니다. 지구의 허파가 조금씩 잘려 나가는 실정입니다. 잘 가꿔진 숲속의 큰 나무 한 그루는 네 사람이 하루에 필요로 하는 산소를 공급하고, 산림 1ha는 온난화 주범인 이산화탄소를 연간 16t이나 흡수한답니다.

일부에서는 식목일 날짜 변경 논란이 일고 있지요. 4월에 나무를 심으면 5월과 6월 가뭄을 겪게 돼 생육에 좋지 않다고 합니다. 나무에 물이 오르는 3월 초가 적당한 시기라 합니다. 식목일 제정의 목적은 나무 심기를 권장하고 이를 통해 국토를 푸르게 하는 데 있습니다. 식목일 제정 목적에 부합하려면 식목일 날짜도 현실성 있게 3월로 당기는 것이 맞지 않을까 합니다. 산림청 관계자는 "식목일은 기념일로 받아들이고, 지역 환경에 따라 적절한 시기에 심으면 좋다."며 날짜 변경은 하지 않아도 된다는 것입니다.

필요한 것은 무조건 심기만 할 게 아니라 심은 나무를 잘 가꾸는 것이 더 중요합니다. 임업진흥원이 일부 강원지역 산림을 조사한 결과 62%가 과밀한 것으로 나타났습니다. 산림 보호에만 집착한 나머지 제 시기에 간벌과 벌목을 하지 않았기 때문입니다. 산림은 주기적으로 간벌·벌목하지 않으면 그 효용이 떨어진답니다. 우리나라의 숲은 사람처럼 급격히 노령화되고 있어 늙은 숲은 탄소 흡수력과 수자원 저장 능력이 낮다고 합니다. 전문가들은 1%에도 훨씬 못 미치는 벌목 비율을 5% 이상으로 올릴 필요가 있다고 주장합니다. 오래된 나무는 베어내 자원으로 활용하고, 그 자리엔 환경과 경제성을 고려한 새 수종을 심어 숲의 '세대교체'를 이뤄야 한다는 것입니다.

　나무는 인간에게 소중한 존재입니다. 나무가 만드는 산소 없이 인간은 한순간도 생존할 수 없지요. 대기오염을 정화하는 것은 물론 홍수와 산사태를 예방하는 데 가장 큰 역할을 합니다. 고마운 나무를 잊으면 안 됩니다. 인간의 욕심을 채우기 위해 오늘도 많은 숲이 사라지고 있는지 모릅니다. 세계에서 발생하는 자연재해도 대부분 산림이 줄어든 데 따른 것입니다. 지구 전체가 필요로 하는 산소의 20%를 공급하는 아마존 밀림이 지금 추세로 계속 개발된다면 50년 뒤에는 전부 사라질 수도 있다고 합니다. 그 결과 어떤 끔찍한 일이 벌어질지는 상상을 넘어설지도 모릅니다. 오늘도 여가를 이용해 사람들이 울창해진 숲을 찾아 나섭니다. 최근에는 치유와 교육의 목적으로 숲을 이용하는 사람들도 늘고 있습니다. 나무와 숲의 소중함을 아무리 강조해도 지나치지 않습니다.

　올봄 정원 빈터에 매실나무 몇 그루 심으려 합니다.

노인과 어르신

노력이나 희생 없이 누구에게나 똑같이 주어지는 것이 나이입니다.

부자나 빈자나 지위가 높고 낮거나 남녀 구분 없이 12월이 지나면 스스로 한 살씩 더 먹습니다. 1950년 무렵 부모님이 61세에 이르면 장수하셨다며, 자식들이 모여 음식을 마련하고 마을 분을 초청해 기쁨을 나누는 환갑잔치를 벌였습니다. 그때는 먹고 살기 어려워 경제적으로 여유가 있는 가정에서나 이뤄졌고, 대부분 치르지 않는 경우가 많았습니다. 요즘은 장수하는 분이 늘면서 환갑잔치는 사라졌습니다.

현대는 과학 문명의 발달로 수명이 늘어나는 추세입니다. 서울의 지하철 무임승차 기준은 만 65세 이상이고, 제주는 만 70세부터입니다. '노화는 태어나면서 죽음에 이르는 시기의 흐름'이라고 동물학자 콘호드는 말했습니다. 노화는 개인, 남녀 간의 차이가 있으나 유전이 많이 관계된답니다. 대한노인회가 최근 복지정책의 기준이 되는 노인 연령 기준을 '만 65세 이상'에서 '만 70세 이상'으로 높이자고 주장하면서 찬반 논란이 달아오르고 있습니다. 누구나 노인은 될 수 있으나 어르신 되기는 쉽지 않습니다.

노인은 늙은이 행세를 합니다. 주민등록번호가 앞섰다고 주장하거나 자기 의견이나 고집을 버리지 못합니다. 이제 배울 것이 더 없어 뭐든지 최고라 생각합니다. 대가 없이 받기만을 바랍니다. 자기 뜻에 따르지 않는다고 불평과 불만이 많습니다. 모든 일에 간섭하고 양보할 줄 모르고 지배하려 하지요. 고독하고 외로워하며 자기가 모든 걸 잘 아는 사람이라고 자처합니다. 갖고 있었던 물품이 아까워 버리지 못하고 공짜를 좋아합니다.

어르신은 다릅니다. 주위로부터 존경받는 분으로 자신을 가꾸고 부지런히 모든 일에 힘쓰고 노력합니다. 상대방을 이해하고 너그럽게 아량을 가집니다. 좋은 덕담을 해주고 긍정적입니다. 절제할 줄 알고 겸손하며 알아도 모른 척합니다. 언제나 배우면서 주변에 좋은 친구를 둬 활달한 모습으로 지냅니다. 혜택을 받으면 반드시 값을 치를 줄 압니다. 자신을 보살피고 건강을 유지하려고 스스로 항상 노력합니다. 상대에게 베풀거나 지갑과 마음을 언제나 열고 다닙니다.

오늘을 사는 노인들은 자성해야 합니다. 아름답게 늙어가야 할 노인들이 삼강오륜도 잊히고 귀 막은 지 오래된 듯합니다. 존경하고 싶은 어르신들이 가뭄에 콩나듯 보기 어렵다고 합니다. 멈추면 비로소 보이는 것들이 많은 세계화 시대입니다. 인생의 3분의 1은 준비 시기, 3분의 1은 먹고살기 위해 땀 흘리고, 3분의 1은 주역으로 익어가는 황혼기라 합니다. 젊은 시절 일만 하며 자신을 위한 노후 설계나 건강을 챙기지 못하고 소외와 홀대 속에 사셨던 분입니다. 나이 들면 인체 모든 장기의 기능은 점차 활력을 잃습니다. 하지만 그 변화를 미리 감지하고 대비한다면, 인생을 오랫동안 활기차게 지낼 수 있지요. 나이 들수록 건강관리에 세심한 계획을 세우고, 어떤 일이든 객관적으로 평가하는 자세가 필요합니다. 내가 독립해서 살 수 있는 기반과 정성을 쏟을 수 있는 소일거리를 만들어야죠. 변화하는 사회에서 인생 후반의 희망찬 삶을 위해 다소곳이 경건한 마음으로 자성해 볼 일입니다. 언젠가는 둘 다 주머니 없는 옷을 입고 홀로 떠나며 뭔가를 남기고 가겠지요. 노인의 빈소에는 빈 병만 뒹굴고 유산만 남깁니다. 어르신의 자리엔 존경과 추억의 찬사가 넘칩니다.

나이 들수록 어르신의 길을 걸어야 합니다.

천리향 앞에서

지난날 정원에 천리향 한 그루 심었었지요.

꽃필 무렵 대문간으로 들어서면 정원에 보이지 않은 향기는 코를 자극하면서 마음이 상쾌했답니다. 심은 지 서너 해 동안 탈 없이 잘 자랐습니다. 어느 날부터 시름시름 앓더니 명줄을 놓았습니다. 이른 봄 정원에 꽃향기 풍기는 나무가 한 그루도 없어 마음이 허전했습니다. 언젠가는 봄이면 천리향을 심으려 벼르고 있었지요.

봄이 오기를 기다려 시내버스를 타고 5일장 묘목 파는 집을 찾았습니다. 새봄을 맞아 꽃이며 나무를 사려는 사람들로 왁자지껄합니다. 두리번거리다 한쪽 모퉁이에 꽃이 필 듯 말듯 자그마한 천리향 한 그루가 눈에 보였습니다. 주인에게 값을 물어봤지요. 만 원이랍니다. 값을 내려달라 하려다 입이 떨어지지 않아 배춧잎 한 장 내밀었습니다. 갖고 온 천리향을 자그만 통 깊은 플라스틱 화분에 골고루 잔뿌리를 펴고 송이 흙을 채워 물을 넉넉히 주었지요. 해마다 하얀 꽃잎이 피면서 봄이 왔음을 먼저 알립니다.

지난 늦여름 오후, 천리향 잎이 비실거리는 모습으로 봐 아무래도 심상치 않은 예감이 들었습니다. 화분에 물을 흠뻑 준 뒤 겨우 천리향을 꺼냈지요. 가느다란 뿌리가 실타래 감듯 뭉쳐졌고 뿌리는 새까맣게 말라 너무 안타까웠답니다. 플라스틱 화분은 더위를 이기지 못해 뿌리를 썩히고 말았지요. 인터넷을 뒤져 나무 분갈이 방법을 찾아 봤습니다. 죽은 뿌리는 말끔히 자르고 살아 있는 것만 남기랍니다. 뿌리를 다듬고 보니 살 것 같지 않은 예감이 왔습니다. 나의 무관심 탓에 사경을 헤매던 나무는 얼마나 원망 했을까, 죄책감이 듭니다. 아무래도 화분에 심으면 위태로울 것 같아 정원 모퉁이에 흙을 깊이 파냈지요. 천리향을 밑바닥에 심고 송이 흙 한 층, 그 위에 감귤 전용 유기질 비료를 차례로 흙을 넣고 번갈아 가며 다졌습니다. 심은 뒤 물을 흠뻑 줬습니다. 어느 날 늦가을 가지에서 새순이 돋아나기 시작했습니다. 관리를 잘하면 꽃이 필 것 같습니다. 12월 하순 보리쌀만큼 꽃망울이 맺히기 시작했습니다. 며칠 전부터 몇 개의 꽃잎이 열렸습니다.

내 집에 있는 분재는 친분 있는 이가 공짜로 준 것을 관리하는 정도입니다. 무관심해 관리 방법을 자세히 모르지요. 분재는 큰 나무를 자르고 키를 줄여 화분에 심는다고 분재가 되는 것은 아니랍니다. 사람의 손을 댄 흔적이나 상처가 없어야 제값을 쳐준다고 하네요. 제대로 된 분재를 만들려면 인내심을 갖고 묘목부터 기르라 합니다. 분재를 알면 사회를 바꿀 수 있다는 말을 음미해 볼 필요가 있습니다.

분재에 대한 부정적 시각은 두 가지랍니다. 왜색문화이고, 살아

있는 생명을 못살게 군다는 것이지요. 중국에서 분재가 시작됐고, 우리나라를 거쳐 일본에 건너간 엄연한 우리 문화입니다. 모든 예술은 자연에 인공이 가미된 결과이며, 분재는 소재가 살아 있는 나무로 다른 예술과 차별화됩니다.

사회를 분재에 비유한다면, 너무 오랫동안 분갈이하지 않은 위험한 상태가 아닐까요. 그럭저럭 잎이 돋고 꽃이 피어 아직 살아 있다고 자만에 빠졌고 물과 거름을 주면서 간신히 생명을 유지하고 있을 뿐입니다. 나무는 목숨만 붙어 있으면 잎을 틔우고 꽃을 피웁니다. 하지만 나무의 상태는 겨우 연명만 하고 있을 따름이지요. 이럴 때는 과감히 분갈이가 필요합니다.

자연 상태의 나무보다 분재로 가꾼 나무는 더 강한 생명력으로 오래 꽃을 피우고 열매를 맺습니다. 끊임없이 물주고, 가지치기와 분갈이를 반복해 준 덕분입니다. 무성한 가지자르기를 아까워하면, 뿌리와의 균형이 맞지 않아 서서히 말라 죽게 됩니다.

요즘 사회의 조직을 보면, 뿌리로 가득한 분재와 같다는 느낌이 듭니다. 모든 조직이 숨 쉴 틈 없이 꽉 채워진 기분입니다. 조직이 오랠수록 뿌리는 빽빽할 정도입니다. 그런 단체는 생명력이 다한 나무나 마찬가지죠. 나라나 지방자치단체, 각종 모임이 그렇습니다. 묵은 가지와 뿌리를 쳐내야 싱싱한 잎과 꽃을 피우게 할 수 있습니다. 이는 오로지 관리자의 몫입니다. 안목과 노력이 분재의 상태를 결정하는 것처럼, 책임자는 조직의 생명력을 결정하는 자리에 있기 때문이지요.

고인 물은 썩습니다. 일정 기간이 지나면 가지를 다듬고, 뿌리도 정리해야 합니다. 조직의 새로운 생명력을 결정하는 것은 새로운 인재를 등용하느냐에 달렸습니다. 책임자가 직접 분재를 배워야 합니다. 한 나무의 뿌리와 가지가 어떻게 균형과 조화를 이뤄야 생명력 있는 조직을 꾸려갈 것인지 실감하게 됩니다.

이제 사흘 넘기면 입춘입니다. 24절기의 처음으로, 일 년 중 봄이 시작됩니다.

꽃향기가 천 리를 간다고 천리향. 그 이름처럼 꽃내음 닮고 싶습니다.

사람과 분재

봄이 되자 날씨가 서서히 풀립니다.

3월이면 따스한 날 화분 속의 난이나 교목을 분갈이하기 좋은 때입니다.

사람들은 과욕으로 혼자 즐기려고 등산길에서 나무를 남몰래 캐오는 경우를 볼 수 있지요. 사전에 "사람은 지구상에서 가장 지능이 발달한 고등 동물. 서서 다니고 언어를 사용하며, 기구 따위를 만들어 쓰고 사회생활을 영위한다."라고 했습니다. 인간은 언어를 사용하고 사고할 줄 알며 사회를 이뤄 살아가는 지구상의 고등 동물이라고 하네요. 인간이란 사람과 같거나 비슷한 의미이며 한자 표기입니다. 흔히 비유하는 말로 못된 짓을 하는 이를 빗대어 이 인간아 "사람이 되어라."라고 하지요.

사람과 인간은 같으나 한쪽은 순수 한글이고 다른 쪽은 한자라는 점이 다릅니다. 플로베르의 일물일어설을 말한다 해도 완전히 같은 뜻을 의미하지 않는다는 것입니다. 인간이란 단어가 들어갈 곳에 사람이란 단어가 들어가도 이상하고, 사람이란 단어가 들어갈 곳에 인간이 들어가도 다른 느낌이 든다는 것입니다.

사람들은 분재를 즐깁니다. 분재를 알면 사회를 바꿀 수 있습니다. 분재는 나무를 자르거나 부피를 줄여 화분에 심는다고 분재가 되는 건 아닙니다. 그 가치는 사람이 손을 댄 흔적이나 상처가 없어야 높게 평가합니다. 올바른 분재를 만들려면 인내심이 있어야 하고 묘목부터 기르는 습관이 필요합니다.

분재에 대한 잘못된 인식은 두 가지입니다. 일본문화라고 하나 원래 중국에서 우리나라를 거쳐 일본에 건너간 우리 문화입니다. 자연계에 살아있는 나무를 사람의 손에 의해 만들어낸 예술작품이지요. 오늘의 사회와 문제점을 분재와 비교해 봅니다. 오랫동안 분갈이하지 않은 위험한 현실입니다. 그럭저럭 잎이 나오고 꽃이 핀다고 살아 있다는 자만에 빠졌습니다. 이럴 때 사정없이 분갈이해야 합니다.

현재 우리 사회를 분재에 비유한다면, 모든 조직은 뿌리로 가득한 상태라는 느낌이 듭니다. 조직이 오랠수록 뿌리의 밀도는 더욱 더 촘촘해져 생명력이 다하지 않았나 봅니다. 정부나 자치단체나 모든 사조직이 그렇지 않은가 합니다. 묵은 뿌리와 가지를 쳐내야 새로운 나무가 됩니다. 새로운 잎과 꽃을 피우게 하려면 오로지 관리자의 몫으로 그 책임이 큽니다.

건강한 분재를 감상하려면 가지치기를 과감히 하고, 거름과 물주기를 게을리해선 안 됩니다. 분갈이 시기를 놓치지 않고 그때그때 뿌리나 가지치기를 주저하지 않아야 합니다. 자연에 있는 나무보다 분재로 키운 나무가 더 강한 생명력으로 오래 꽃을 피우고 열매를 맺습니다. 꾸준히 물주고, 가지치기와 분갈이를 되풀이해 준 덕분입니다. 분재의 세 가지 구성 요소는 줄기, 가지, 뿌리뻗음새에 있습니다. 무성한 가지를 아끼면, 뿌리와 조화를 이루지 못해 스스로 말라 죽습니다.

오래 고인 물은 썩습니다. 일정한 시기에 가지를 다듬고, 뿌리도 정리해야 하는 것처럼, 조직의 생명력을 결정하는 것은 새로운 인재를 어떻게 고르냐가 중요합니다. 책임자는 직접 분재 관리를 배워야 합니다. 그러면 한 나무의 뿌리와 가지가 어떻게 균형과 조화를 이뤄 생명력 있는 조직을 꾸려갈 것인지를 실감하게 됩니다.

사람과 얘기를 나눌 때는 여유롭고 인간과 말하려면 조심하게 됩니다. 사람을 대면하고 소통하는 순간들이 많습니다. 사람 냄새 풍기는 이와 마주하면 마음이 편합니다.

이웃에 폐를 끼치지 않으면서 도움 되는 사람으로 지내고 싶습니다.

제6부

어느 부부의 사랑과 이별

꽃이 지는 걸 두고 어찌 바람을 탓할 수 있겠습니까

때를 알고 돌아서는 뒷모습은 아름답습니다

떠나는 것은 다시 만남에 있지 않을까요

단순하게 살기

정년 퇴임한 지 어느새 25년 됩니다.

지난날을 돌이켜봅니다. 1960년 무렵 농촌의 삶은 고난의 시기였지요. 농기구도 제대로 갖추지 못해 이웃집에서 빌려다 쓰는 경우가 자주 있었습니다. 집집이 삽, 곡괭이, 고구마 기계는 별로 없었지요. 단순한 농기구였으나 경제적인 여유가 없어 갖추지 못했습니다. 빌린 기구는 쓰고 나면 바로 돌려드립니다. 단순하게 살기가 아닌 가난 속의 쪼들림이었습니다.

한때 법정 스님의 '무소유'란 말이 유행한 적이 있었습니다. 소유에 집착하지 않고 마음을 비워 편하게 살라는 뜻이겠지요. 불교에선 모든 괴로움의 본바탕은 집착과 욕망에 있다고 합니다. 물론 뭐든지 갖지 않고 살기란 쉬운 일은 아니지요. 소유에 집착하지 않으려면 마음을 비우라 합니다. 또한 비슷한 말로 가볍게 살기를 바라는 사람들도 있을 수 있습니다. 운동할 때 몸에 힘이 들어가면 잘안 됩니다. 힘을 빼고 자연스럽게 해야 잘 풀리고 보기에도 좋습니다. 그런 경지에 이르려면 그만큼 남모르는 노력이 따라야 함은 물론입니다.

단순하게 살려면 가볍게 지내야 좋습니다. 온갖 일을 벌여놓으면 단순히 살기란 쉽지 않을듯합니다. 퇴직한 뒤에 한때 사회단체에서 1년 또는 6개월간의 교육과정에 참석했었습니다. 수료 무렵이면 친목회를 조직하는 건 관례였어요. 수강했던 곳이 무려 열 곳이었지요. 회원의 경조사는 당연히 참여해야 옳은데 어떤 날은 겹치기도 했었습니다. 농장에서 한참 일하다 나서기는 쉽지 않지요. 어느 날 꼭 참여할 두어 곳만 남기고 과감히 탈퇴했지요.

탈퇴하고 나니 자유롭고 마음이 홀가분했습니다. 인터넷이나 신문에서 읽을 만한 추천 도서를 보면 호기심에 서점에서 사거나 며느리에게 연락하면 보내옵니다. 끝까지 읽은 책이 몇 권 되지 않습니다. 단순한 과욕이 아닌가 싶습니다. 부처님의 말씀처럼 "어제를 생각 말고 내일을 걱정하지 않고 이 순간에 충실하라."

나이 들수록 단순하게 살아야 순리인 것 같습니다.

전봇대

늦가을 초저녁 길을 가다 뜬금없이 전봇대를 바라봅니다. 전깃줄에 직박구리와 참새 몇 마리가 듬성듬성 거리를 두고 앉아 한가로이 여유를 즐기는 모습이 보기 좋습니다.

전봇대는 잎사귀 하나 달지 않은 콘크리트 나무입니다. 오로지 한 곳에 뿌리를 깊게 내린 채 말없이 꿋꿋하게 제 자리를 지킬 뿐이지요. 그가 거느린 전선을 사방으로 멀리 뻗어 보냅니다. 맨몸으로 오로지 자신을 의지해 뻗어나간 전선을 지키는 일에만 모든 힘을 쏟습니다. 제 몸을 키우지도 못하고, 꽃 한 송이 피울 수도 없는 슬픈 나무지만, 그에게서 뻗어나간 전선들은 새들의 쉼터가 되고 어둠을 물리치는 등불이 되기도 합니다. 부슬부슬 비 내리는 길, 가로수 사이에 서 있는 전봇대가 을씨년스럽습니다. 그는 양팔을 나란히 뻗어 부동자세로 제 몸에 버거울 것 같은 전선을 묵묵히 받치고 서 있습니다.

나무는 제자리에서 꽃과 잎도 피워내고 사람을 즐겁게 합니다. 전봇대는 힘들고 괴롭지만 하소연하거나 어떤 표정도 짓지 않습니다. 온몸에 억지로 입혀놓은 전단지로 수모를 당하면서도 거역하지도 못합니다. 형형색색의 전단지는 비에 젖기도 하고, 청소 아줌마들이 사정없이 찢어 쓰레기통으로 들어갈 때도 있습니다. 이럴 때는 한 방 두들겨 맞은 듯, 버림받은 것 같은 느낌도 들고 마음에 주름이 늘어갑니다. 전봇대는 전선을 붙들고 마을로 들어가 꽃처럼 등불을 피웁니다. 날이 새면 새들의 신나는 놀이터가 되기도 합니다. 직박구리, 참새, 까치가 자리를 바꿔가며 모여 앉아 회의하는지 수다를 떨며 즐깁니다. 바람이 세차게 부는 날엔 새들이 기차놀이 하지요. 비 내리는 날이면 전깃줄에 구슬처럼 꿴 빗방울이 상상의 나래를 펴고 실 뜨는 것처럼 아름답습니다. 이렇게 고마운 전봇대에 더러는 까치가 둥지를 틀어 정전사고를 일으켜 한전 직원을 힘들게 합니다.

비에 젖은 가로수들이 저마다 짜낸 제 빛깔의 잎을 한껏 펼치는 길. 그 중간마다 우뚝 솟은 전봇대는 간이역처럼 보입니다. 전봇대가 있어 전선을 멀리까지 안전하게 뻗어나가 아이들의 책상을 밝혀줍니다. 마을 안길이 훤히 열리면서, 도시를 별 밭으로 수놓습니다. 장마철 눅눅한 전봇대의 전깃줄은 누가 봐주지 않아도 어둠 속에서 제가 피워낸 형형색색의 불빛을 자랑하며 흐뭇해하고 있을지도 모릅니다. 전봇대에 올라가는 꿈은 경쟁자를 물리치고 승진을 하게되거나, 작은 소망을 성취하게 될 징조의 해몽이라고 합니다.

전봇대 몸에 급매, 급전세라는 전단지가 바람에 흔들리며 부동산값을 가늠할 수 없을 정도로 혼란하게 만듭니다. 손 닿는 데까지 전

못대에는 빈 곳 없었습니다. 그는 세상을 읽어주는 책이나 마찬가지입니다. '빈방 있음', '법원 경매', '하숙생 구함', '무담보 싼 이자', '아기를 봐 드림', '치매 환자 돌봐드림', '명문대 출신이 명문대 보장' 같은 알림은 서로 끝을 잡아주며 세상의 바람을 견뎌 나갑니다.

전봇대는 이 시대 가장家長의 모습을 닮았습니다. 그가 둘러멘 덩치 큰 변압기는 버릴 수 없는 목숨과 같습니다. 열 손가락 벌려 붙들고 있는 전선은 가족입니다. 그의 삶은 평생 인내로 시작해서 그 모습으로 삶을 마무리 짓습니다. 어린이들이 들길을 지나다 장난삼아 뜬금없이 전봇대를 향해 돌멩이 던지기 놀이를 합니다. 이따금 전등을 깨는 경우를 볼 수 있습니다. 웅덩이에 무심코 던진 돌이 개구리에겐 생사의 갈림길이 되듯 말입니다. 전봇대에 까닭 없이 아랫도리를 걷어차는 사람, 늦은 밤 술 취한 남자들이 체면도 없이 그 주위에 볼일을 보는 이도 볼 수 있지요. 지나던 강아지도 한쪽 뒷다리를 들고 일을 봅니다. 그래도 불평 없이 묵묵히 제 임무를 다합니다.

오늘의 가장도 자신의 자리에서 '전봇대'처럼 참아내고 있을지도 모릅니다. 제 가족 하루 세끼 해결이며 자식 뒷바라지하느라 무척 인내하며 감당해 내고 있을 것입니다. 낡아 뽑아내기 전에는 드러누울 수도, 어디에 기댈 수도 없는 전봇대, 그들이 바로 오늘의 가장이 아닐까 합니다. 바람이 세차게 불 때는 전선들이 동시에 요동을 칩니다. 그 순간 전봇대는 전선을 더 팽팽히 움켜잡습니다.

골목길을 지날 때마다 오래전 겪었던 일들이 어제 일처럼 선명히 떠오릅니다. 뜨거운 뙤약볕 아래 전선을 지키느라 햇빛 가리개도

걸치지 않은 모습을 보면서, 수고한다고 그의 허리를 한 번도 안아
주지 못했습니다.

　전봇대의 인내심. 많은 느낌으로 다가옵니다.

해마다 4월이면

　주인 없는 빈집에도 봄은 오고 진달래가 먼저 핍니다. 자연은 계절을 거스르지 않습니다. 문인들은 흔히 4월을 잔인한 달이라고 하네요.

　타이태닉호의 참사는 과학기술에 의한 문명의 진보를 확신하던 당시 사회에 큰 충격이었지요. 지금도 부실한 현대 문명의 상징으로 인용되곤 합니다. 역사적으로 알려진 대참사 속에서도 많은 승객을 구출한 100년 전, 1912년 4월 14일의 타이태닉호 침몰 사건입니다. 최대규모로 건조된 타이태닉호는 2,200여 명의 승객을 태우고 미국으로 출항합니다. 영국 싸우쌤프턴항에서 뉴욕으로 향하는 배였지요. 당시 일등실 요금은 현재 가치로 5만 달러가 넘었답니다. 부자들이 주로 탑승 했으며, 이민자들이 요금이 싼 하층 객실에 머물렀고 사망자들 대부분 그들입니다. 1등 실 탑승자 중 여성은 97%, 어린이는 52%가 살아났고, 3등 실은 55% 구조돼, 전체 남자는 70%가 사망했답니다. 타이태닉호는 2,200여 명 승객 중 1,513명이 사망한 사상 최대의 해난사고입니다. 생존자는 겨우 711명,

너무도 짧은 시간에 일어난 인명피해입니다. 많은 승객을 죽음에서 구해낸 선장과 선원들, 지금까지도 침몰 여객선 참사보다는 아름다운 인간애를 발휘한 사건으로 기억되고 있습니다.

타이태닉호 해난 사고가 100년이 지났습니다. 지난날 안산 단원고 학생 325명을 포함해 476명의 승객을 태우고 인천항에서 제주로 향하던 배가 2014년 4월 16일 전남 진도군 앞바다에서 침몰했지요. 학생들에게 '가만히 있거라.'고 방송한 선장은 승객을 내팽개치고 선원들과 몰래 비밀통로로 탈출했습니다. 구조를 위해 해경이 도착했을 때는 선원들은 이미 빠져나갔습니다. 침몰 이후 구조자는 한 명도 없었습니다. 사망과 행방 불명자는 303명에 이릅니다. 그 후 검찰이 수사를 통해 참사 발생 원인과 사고 수습과정을 발표했으나 유가족들의 울분은 사그라지지 않았습니다.

정부 수립 이후 이승만 대통령은 당시 세계 최빈국의 상황에서도 매년 정부 예산의 10% 이상을 교육에 투자했습니다. 학자들의 논리를 보면 4·19의 주역은 학생들이었습니다. 그들이 주역이 될 만큼 숫자가 늘어났음은 대통령의 교육열에 있었습니다. 일제시대 때 제대로 교육받은 사람은 극소수였습니다.

1960년 3월 15일 마산에서 대통령 부정선거에 항의해 학생과 시민들이 규탄 시위를 벌였습니다. 그해 4월 19일 학생과 시민이 중심이 돼 일으킨 반독재 운동이 4·19의거입니다. 1973년 3월 '4·19의거 기념일'이 제정되었고, 그 후 1994년 12월 '4·19혁명 기념일'로 바뀌었습니다. 4·19를 객관적으로 평가한다면 이승만의 성공과 실패가 함께 공존한 결과라고 학자는 말합니다. 그의 치적과 실정이 도화선이 됐다는 것이지요. 분명한 업적은 주권자가 국민임을 확고히 했다는 사실입니다. 4·19혁명의 진정한 교훈은 어제의 경험이 오늘과 미래를 연결하는 실마리가 되고 있습니다.

하지만 시급히 해결해야 할 일들이 많습니다. 자살률 세계 1위, 세계 최하의 출산율, OECD 국가 중 청년실업률 1위, 매우 심각한 노인 빈곤 현실, 주권재민의 문제 못지않은 과제들입니다. 앞으로 이런 문제들이 정치의 중심과제가 돼야 합니다. 또한 병리의 치유를 위해서 경제민주화 논의를 한층 성숙시키고 일시적인 세금복지가 아닌, 복지의 보편화를 모색해야 하지 않을까 봅니다. 해마다 4월이면 떠오르는 단상입니다.

벚꽃축제를 회상하며

　세계 40여 종의 벚꽃 나무 야생종은 중국이 원산지로 33종에 달한다고 전해 옵니다. 학술적으로 빙하기부터 따지면 중국이 기원이 될 수도 있습니다. 왕벚나무가 우리나라 한라산에서 유래되었음을 국립산림과학원은 2000년 초반 천연기념물 제156호로 '한라산 자생종 왕벚나무'로 밝혔습니다. 또한 일본 왕벚나무는 자생 변이종에 해당한다는 것입니다. 현재 벚꽃 원산지를 놓고 한국과 일본에 이어 중국 전문가들도 가세하면서 3국 간 치열한 경쟁을 벌이고 있습니다. 중국은 자기네가 원산지라 합니다. 나라마다 자기네가 원조라고 아전인수로 해석합니다.

　관광명소마다 봄이면 축제가 열립니다. 제주에서는 지난해와 2021년에는 코로나19 영향으로 모든 행사를 취소했습니다. 지난날 해마다 3월 하순이면 제주시 중심가 전농로에서 벚꽃축제가 열렸었습니다. 축제 행사 때는 서사라 전농로길 동쪽 교보생명빌딩 쪽에서부터 서쪽 적십자 회관 동쪽 네거리까지 벚꽃축제 구간입니다. 축제 기간 3일은 모든 차량을 통제합니다. 길가 양쪽에 벚나무를 중심으로 청사초롱을 달아놓습니다. 초저녁이면 사람들이 모여들어 북새통을 이룹니다. 인도 중간마다 상인들이 어린이용 장난감을 팝니다. 저녁때 청사초롱에 전구를 켜놓으면 꽃과 어울려 보기 좋습니다. 구경꾼들의 표정이 흐뭇해 보입니다. 이곳을 찾는 이들은 대부분 젊은 청춘남녀입니다. 행사장 서쪽 중앙초등학교 북쪽 넓은 길에는 삼도1동주민자치 위원회가 주관하고 서사라 문화거리 축제추진 위원회가 주최한다는 현수막을 매달아 놓습니다. 주제는 '사랑 벚꽃 가득한 전농로의 봄날'을 알립니다. 꽃길을 따라가다 보면 서쪽 마지막엔 축제의 흥을 불어넣는 장터 가판대가 펼쳐집니다. 많은 상점에 비해서 쓰레기통이 별로 없는 게 흠이지만 그나마 간이 화장실은 충분히 준비해 놨습니다.

먹거리 장터에는 가족끼리, 또는 중년의 남자와 노인들의 먹자판이 벌어집니다. 구수한 고기 굽는 냄새로 사람을 유혹합니다. 그야말로 난장판입니다. 고성이 오가고 육두문자를 써 가며 서로 멱살을 잡고 다투기도 합니다. 그림과 싸움은 멀리서 감상하라는 말이 떠오릅니다. 코로나19가 해결되지 않으면 앞으로 축제는 한낱 꿈에 불과할지도 모릅니다.

서사로길 중간지지점 사거리 서쪽 모퉁이에 '향기 품은 벚꽃길 전농로'라는 하얀 아크릴로 만든 간판이 세워있습니다. 올해는 예년보다 벚꽃이 일찍 피었습니다. 따스한 날 토·일요일이면 가족끼리 유모차를 끌고 나와 산책하는 모습이 정겨워 보입니다. 하얀 꽃송이들이 날리는 벚꽃 모습을 봄날의 추억으로 남기려는 사람들이 모여 감상합니다. 꽃을 보면서 아름다움에 감탄하고 사진으로 남기며, 눈으로 보는 만큼 담지 못해 하는 아쉬운 모습도 보입니다. 연인끼리 손잡고 정답게 걷는 뒷모습도 보기 좋습니다.

봄은 개화와 낙화의 계절입니다. 낙화는 많은 시인의 좋은 소재가 되기도 합니다. 낙화라는 제목을 단 것 중 유명한 시만 해도 많습니다. 조지훈의 시, 김영랑의 모란이 피기까지는, 최영미의 선운사에서와 같은 낙화의 이미지가 등장하는 시를 찾자면 끝이 없습니다. 음악에도 낙화가 등장하는 노래들이 있습니다. 조지훈의 낙화는 쓸쓸하지만 받아들여야 할 자연의 순리입니다. 낙화는 잊을 수 없는 이별입니다. 낙화라는 소재를 다루는 데는 삶에 대한 나름의 성찰과 인생관이 그대로 녹아 있습니다. 이는 인간이 지는 꽃에서까지 짧은 삶을 사는 자신의 모습을 나타내고자 하는 까닭이 아닐까 합니다.

감수성이 예민한 사람은 봄이면 묘한 슬픔에 잠기게 됩니다. 가을을 타는 사람만 있는 것이 아니라. 봄을 타는 사람도 있습니다. 낙엽과 낙화는 비슷해 보이나. 근본적인 차이가 있습니다. 낙엽이 어쩔 수 없는 긴 겨울잠이라고 한다면 낙화는 열매를 위한 준비입니다. 낙화에서 인고와 희생, 생의 반짝임 같은 것을 느낄 수 있습니다. 꽃이 꽃답게 피는 날은 고작 열흘. 꿈결 같은 며칠이 지나면 열매를 맺고 새 생명으로 이어집니다.

떨어지는 꽃을 볼 때마다 삶에 관한 생각에 잠기게 됩니다. 모든 계절에 적용할 수 있겠지만, 진정 봄은 희망의 계절인 동시에 잔인한 계절입니다. 바람 따라 몸을 뒤척이던 꽃잎들이 이리저리 흩날립니다. 꽃이 지는 걸 두고 어찌 바람을 탓할 수 있겠습니까. 때를 알고 돌아서는 그들의 뒷모습은 아름답습니다. 우리네 가는 모습도 저렇게 아름다울 수 있다면 이승에서 놀다가는 소풍은 멋질 것입니다.

떠나는 것은 다시 만남에 있지 않을까요.

지레짐작

중학교를 졸업한 지 어느새 67년이 지났습니다.

당시 초등학교는 7월 말에 졸업하고 8월 한 달 여름방학입니다. 9월 초하루에 중학교 입학식을 합니다. 농촌에서 초등학교를 마치고 제주 시내 이모님 댁에서 작은방 하나에 남학생 다섯이 살면서 J중학교에 다녔습니다. 선생님 몇 분은 수업 시간에 문교부 편수관으로 근무하다 내려왔다며 자기소개를 했었습니다. 그때는 한국 전쟁이 한창일 무렵 못살고 가난에 허덕였고, 대부분 끼니 해결이 어려운 가정이 많았지요. 그 당시 육지에서 피난민들이 내려와 방 한 칸 구하기도 쉽지 않았습니다.

지금도 이따금 잊지 못할 추억이 있습니다. 일주에 한 번쯤 해군 함정으로 전장에서 산화한 국군 장병의 유골함이 산지 항으로 들어옵니다. 그날은 학교별로 순번이 정해 있어 전교생이 수업을 미루고 산지 부두로 나갑니다. 부두에서 동문로까지 대로변 양쪽에 학생이 일정한 간격을 두고 서 있었습니다. 맨 앞에서 교악대가 나팔을 불며 지나갑니다. 뒤따라 하얀 군복으로 정장한 군인들이 얼굴에 하얀 마스크를 쓰고 손에는 하얀 장갑을 끼고, 작은 태극기를 덮은 유골함을 가슴에 안아 천천히 걷습니다. 유골함이 지날 때 한참 동안 묵념했던 기억이 또렷합니다. 어린 마음에도 꽃다운 나이에 조국과 민족을 위해 산화하신 젊은 영령들이 가여웠습니다. 아들을 잃은 부모님의 심정은 하늘이 무너지는 듯 얼마나 서러웠겠습니까. 어떤 날은 갑자기 소낙비가 내려 교복이 온통 젖는 바람에 물에 빠진 생쥐 꼴이 될 때도 있었지요. 그날은 학교로 돌아오기 바쁘게 학생들을 집으로 보낼 때도 있었습니다.

중학교 동창 중에 중등교사가 있습니다. 졸업 당시 우리 C반 담임선생님이 1988년 2월 정년 퇴임한다고 알려왔습니다. 몇몇 동창이 반창회를 조직하고 기념패를 드리자는 의견에 모두 찬동했습니다. 나는 J중학교 교무실에 찾아가 졸업생 명단을 복사했습니다. 졸업생이 244명. 입학 당시 4개 반이었으나 3학년이 되면서 교실이 모자라, 3개 반으로 축소하여 한 학급이 80여 명이 됐습니다. 고향이 평안북도, 추자도 학생도 있었습니다. 담임선생님 퇴임식 날 대표로 몇 사람이 찾아가 퇴직 기념패를 드렸습니다.

반창회는 당초 인원이 11명이었습니다. 두 달에 한 번 모이면 늘 건강에 관한 얘기가 화제입니다. 요즘은 코로나19 관계로 모이지 못한 채 5개월이 지났습니다. 모든 연락은 문자로 알립니다. 뜻밖에 혈액투석을 받던 동창의 문자를 받았습니다. 아들이 아버지의 스마트폰으로 부음을 알리는 문자였습니다. 회원에게 제주의 관습에 따라 일포날 문상하기로 알렸습니다.

반창회를 조직하면서 회칙을 만들었습니다. 애경사에 따라 금액이 일정하지 않아 많거나 적게 드립니다. 부조금을 어떻게 전달해야 좋을지 망설였습니다. 조강지처는 돌아간 지 오래됐고 지금은 새로운 부인과 지냅니다. 나와 몇몇 동창은 부조금을 부의함에 넣자고 했습니다. 한 동창이 현재 같이 지내는 부인을 호적에 입적시켰으므로 마누라에게 전달해야 옳다는 얘기였습니다. 모두가 부인에게 전하는 것이 좋다는 승낙을 받았습니다. 의논하지 않고 혼자 지레짐작으로 일을 처리했다면 낭패를 당할 뻔했습니다. 아는 길도 물어간다는 옛말이 새삼 떠 오릅니다. 단체 일은 항상 의논하면서 처리하는 편입니다.

어쩌다가 십여 년 전 유명을 달리 한 동창이 떠오릅니다. 그는 나보다 다섯 살 위였습니다. 동창회를 조직할 때 형님 안녕하십니까. 했더니 단번에 그렇게 부르지 말라고 호통쳤습니다. 이 자리는 지난날 학교 다닐 때 기분으로 동창 모임이고 형, 아우 구분하면 안된다는 말에 놀랐지요. 이제는 회원이 5명, 절반이 남아 누가 먼저 떠날지 아무도 모릅니다.

살면서 누구나 걱정을 합니다. 걱정의 40%는 일어나지 않는 일이고, 30%는 이미 지났고, 12%는 자신과 관계가 없는 남의 일이며, 10%는 상상이고, 나머지 8%만이 자기 걱정이라 합니다. 어떤 일이든 마지막 순간까지 빈둥거리다 급박한 사태까지 오는 경우가 허다합니다. 유비무환은 진리나 실천은 쉽지 않습니다. 생각은 행동을 낳고 행동은 습관을 낳고 습관은 성격을 낳으며 성격은 운명을 낳는다고 전해 옵니다.

　정작 바르게 처리해야 할 일을 앞으로는 지레짐작으로 넘기지 않으려고 다짐해 봅니다.

어느 부부의 이별과 사랑

  5월을 가정의 달이라 합니다. 매년 5월 21일은 부부의날로 둘이 만나 하나가 되는 날입니다.

  어느 날 인간극장 드라마, '어느 부부의 이별과 사랑'을 시청했지요. 남편은 "미안하지만 난 당신을 사랑하지 않아, 왜 결혼했는지 모르겠어." 얘기합니다. 아내는 두 손으로 얼굴을 가리고 말없이 눈물을 흘립니다. 어느 날 아내에게 이혼서류를 꺼냅니다. "집과 자동차, 부동산과 현금, 그중에서 당신이 50%를 가질 수 있어." 아내는 말없이 눈물만 흘릴 뿐입니다. 퇴근하고 집에 돌아오자 아내가 써놓은 편지가 보입니다. 눈물이 얼룩져 있어 혹시 맘이 흔들릴까, 읽지 않으려다 읽습니다. "난 아무것도 원하지 않아. 다만 한 달쯤 시간을 갖고 싶어 한 달만이라도 아무 일 없는 것처럼 대해줘. 아이 시험 기간인데 신경 쓰지 않게. 그리고 이혼 조건으로 한 가지 부탁만 할게, 당신이 결혼 뒷날 아침 출근 때, 나를 안고 거실에서 현관까지 갔던 것처럼 한 달만 그렇게 해줘." 이 여자가 왜 그럴까. 한 달이면 끝날 일이니까 그렇게 하기로 했습니다.

첫날 거실에서 아내를 안았을 때 몹시 어색했지요. 몇 년간 신체 접촉이 없었으니까. 열 보를 걸어 현관까지 갔을 때 뒤에서 아이가 봅니다. 그는 아이에게 웃음을 보이며 아내를 내려놓고 출근합니다. 둘째 날은 첫날보다 나아졌습니다. 아내는 그의 가슴에 적극적으로 기댔고 블라우스에서는 향기가 납니다. 피부의 잔주름을 보면서 그동안 모르는 사이 이렇게 됐다는 생각에 미안한 마음이 들었지요. 셋째, 넷째 날 아내를 들어 올렸을 때 오래전의 친밀감이 돌아오는 듯한 느낌이 들었습니다. 내게 자신의 10년을 바친 여자, 다음 날부터 아내를 안아 나르는 것이 익숙해 갑니다.

어느 날 아침 아내가 옷을 고릅니다. 옷들이 모두 커져 버렸다며 투덜댑니다. 그러는 사이 아내를 들면 들수록 가벼워 가는 느낌이 옵니다. 이혼 걱정으로 야위어 가는 줄 알았지요. 어느 날 아침 아들이 "엄마를 안고 나갈 시간이에요." 미소 짓습니다. 이제는 일상으로 습관이 돼 갑니다. 아내는 아이를 꼭 껴안습니다. 마음이 흔들립니다. 드디어 마지막 날이 다가옵니다. 그는 아내와 헤어질 수 없다는 것을 깨달았습니다. 이혼을 취소하기로 다짐했지요. 회사에서 나온 뒤 꽃집에 들러 부케를 샀습니다. 부케 리본에 "나는 이제부터 죽을 때까지 당신을 아침마다 들어 올릴게."라고 써달라 했지요. 집으로 달려와. "여보, 미안해 우리 헤어지지 말자, 난 당신을 여전히 사랑해." 현관에 들어서자마자 그는 말했습니다. 아무런 응답이 없습니다. 안방으로 들어서자 아내는 잠든 듯 가만히 누워있었죠. 그녀는 숨져 있었습니다. 아내가 남긴 편지에서 위암 말기였다는 사실을 알았습니다. 아내는 자신의 시한부 삶을 받아들였습니다. 아들에게 다정한 부모의 마지막 모습으로 기억하게 하고 싶었는지 모릅니다. 부케를 떨어뜨리며 주저앉은 채 아내를 안고 한없이 눈물을 흘립니다.

날마다 함께하면서 가깝게 접하는 것에 대해 귀하고 가치 있는 것을 모르는 경우가 많습니다. 그것이 얼마나 소중하다는 것도 인식하지 못합니다. 내 곁을 떠난 뒤에야 깨닫게 되지요. 가슴 치며 후회해도 소용없습니다. 내 곁에 있는 소중한 사람, 언제나 따뜻한 미소와 배려로 지내야 후회하지 않습니다.

5월 부부의 날에 즈음하여 어느 부부의 이별과 사랑 새삼 가슴 뭉클하게 합니다.

보리농사 추억

오랜만에 늦은 오후 시골 외진 소로길을 혼자 걸었다. 좀처럼 볼수 없는 넓은 면적에 보리를 심은 밭이 보였다. 누렇게 익어 가는 보리밭에 산들바람이 지나간다. 바람결 따라 물결치듯 흐르는 모습이 영화의 한 장면을 연상케 했다.

요즘 농부는 보리를 재배하지 않으려고 한다. 보리는 심어 봐야 수익성으로 따지면 다른 작물에 비해 호주머니에 들어오는 게 적다는 푸념이다. 소득이 높은 작물로 양배추, 양파, 블로코리, 단호박, 옥수수 같은 작물 재배에 관심을 둔다. 그렇다고 반드시 소득이 보장된다고는 생각지 않는다. 과잉 생산되거나 재해가 발생하면 한 푼도 건지지 못하는 경우도 생긴다. 다른 지역의 작황 부진으로 생산량이 적을 때는 생각 외로 값을 잘 받기도 한다. 농사는 아무리 사람이 노력한다 해도 자연이 반을 지어주니 더없이 고맙다.

보리를 생각하면 지난날 추억이 주마등처럼 떠오른다. 1950년대 중반 무렵, 마차도 한 마을에 몇몇 부잣집을 제외하고는 일반 가정엔 별로 없었던 시절이었다. 우리 밭은 평평한 길도 아닌 오르막과 내리막길을 30분쯤 걸어야 도착할 수 있는 거리다. 늦가을 보리 파종 무렵 밑거름 운반을 친구와 품앗이를 했다. 낡은 멱서리에 20킬로쯤 되는 거름을 등짐으로 날랐다. 왕복 한 시간 거리다. 짐이 무거워 오르다 힘들면 도중에 쉼팡을 찾아 몇 차례 쉴 때는 흐르는 땀방울을 닦기도 했었다. 비포장도로여서 돌멩이가 많아 검정 고무신이 돌부리에 걸려 벗겨질 때도 있었다.

보리는 재배 과정이 다른 작물과 다르다. 가을에 파종해 매서운 겨울 추위를 견뎌내야만 한다. 당시만 해도 집 주변은 온통 보리밭이었다. 동지섣달 추위가 닥치면 뿌리가 솟아 얼어 죽지 않도록 때때로 밭에 나가 밟았었다. 정부에서는 식량이 부족할 때라 초 중 고등학생은 물론, 각급 기관 공무원들까지 보리밟기에 동원됐고 증산에 많은 관심을 기울였다. 한때는 보리 증산을 위해 농촌지도소에서 보리 심는 면적을 넓게 하는 광파 재배를 적극적으로 권장하기도 했었다. 대부분 농가는 일손이 많이 든다며 꺼렸다. 보리밭은 강아지와 어린이들이 함께 뛰노는 공동 놀이터였다. 지금처럼 TV나 컴퓨터, 스마트폰이 없던 시절이라 겨울철이면 빈터에서 제기차기, 연날리기나 자치기를 즐겼고 시간 가는 줄 몰랐다.

봄이면 보리는 하루가 다르게 자라면서 온 들판을 푸르게 물들인다. 강남에서 돌아온 제비는 고향을 찾은 듯 신나게 날아다니고 종달새가 하늘 높이 오르며 지저귄다. 가난과 추위에 얼어붙은 농부들의 마음도 잠시나마 평화로움에 잠긴다. 보리 이삭이 패고 익어갈 때쯤, 녹음이 짙어가는 대지에는 온갖 꽃들이 만발할 시기다. 이 무렵 농가는 지난가을에 수확한 식량이 바닥나 먹거리 걱정이 태산이다. 이때를 보릿고개라 했다.

당시 보리는 주곡으로 모든 가정에서 일시에 수확 시기가 겹쳐 일손이 부족했다. 보리 수확이 한창일 무렵 학교에서는 농사일을 돕도록 이틀간 보리 방학을 했었다. 일손이 모자라 토요일 오후 학교에서 돌아오기 바쁘게 밭으로 달렸다. 일요일은 아침 일찍부터 온종일 힘들면 쉬면서 초저녁까지 보리를 베었다. 비가 올 기미가 보이면 집에 왔다가도 바로 밭으로 달려가 베어놓은 보리를 묶어 일정한 장소에 모아 놓았다. 이런 경우는 집집이 하는 일이라 모두가 그러려니 여겨 불평하는 사람은 별로 없어 보였다. 어느 해는 보리를 베고 밭에서 말리는 사이에 계속 비가 내렸다. 여러 날 이어지면서 이삭에서 싹이 트기 시작했다. 난감했다. 그래도 그 보리를 타작하고 밥을 지었으나 먹을 수 없어 어머니는 누룩을 만들었던 기억이 어렴풋하다.

꽁보리밥이나마 배부르게 먹는 것이 소원이었던 시절, 소망의 대상이었다. 쌀밥은 상상할 수도 없는 일이었다. 비 오는 날 어머니는 볶은 보리를 맷돌에 갈아 미숫가루를 만들었다. 미숫가루를 큰 양재기에 넣어 이웃집에 나누었고, 이웃을 배려하던 미풍양속이 잊히지 않는다.

요즘은 시대가 변하면서 음식문화가 많이 변했다. 급변하는 세태속에 우리 고유의 식생활은 허물어져 가고 있다. 식탁에는 기름진 음식과 수입 식품이 오른다. 따끈한 숭늉은 자취를 감추고, 커피를 찾는다. 불고기는 몇 끼 먹으면 질리지만, 된장국이나 김치는 평생 먹어도 옛 맛 그대로다. 요즘 신토불이란 말은 우리 음식 문화를 다시 찾고, 체질에 맞는 식문화를 이으려는 운동이 아닐까 싶다. 고유의 음식을 선호하는 사람이 늘어가는 추세다. 도심의 꽁보리밥 집이 인기를 끌면서, 제주 보리빵이 건강에 좋다며 주문하고 있으니 반가운 일이다.

　힘들었던 보리농사가 지금은 한 토막의 아름다운 추억으로 기억이 가물가물하다.

우리의 명절 단오

음력 5월 5일은 단오, 우리나라 명절의 하나로 바로 오늘입니다.

단오의 유래는 중국 초나라 회왕 때 비롯되었다고 전해 옵니다. 굴원屈原 이란 신하가 간신들의 모함에 자신의 지조를 보이기 위해 멱라수汨羅水에 투신한 날이 5월 5일이었지요. 그 후 해마다 굴원의 영혼을 위로하기 위해 제사를 지내게 됐는데, 이것이 우리나라에 전해져 단오가 됐다고 합니다. 단오는 고려 시대 9대 명절에 속했으나 조선 시대는 설날, 한식, 추석과 함께 4대 명절이 됐지요. 그 뒤 시대가 바뀌면서 설, 추석과 함께 3대 명절로 됐습니다.

단오는 일 년 중 가장 양기가 왕성한 날이라 해서 큰 명절로 여겼고 지방에 따라 다양한 행사가 열립니다. 여성들은 그네뛰기, 창포물에 머리 감기, 탈춤, 사자춤, 가면극 같은 놀이를 즐깁니다. 남성들은 마당 한복판에서 벌어지는 씨름을 구경하거나 평소 접하기 힘든 떡메치기를 하고 전통음식도 맛봅니다. 무더운 여름을 맞기 전, 힘겨웠던 모내기를 끝내고 한 해 풍년을 기원하던 단오. 선조들의 흥과 지혜가 담긴 세시풍속이었습니다.

제주에도 70년대까지 단오명절을 지냈었지요. 보리 수확기와 겹쳐 명절을 끝내고 바로 보리밭으로 나가야 했습니다. 농촌 사람들은 단오명절이 없어졌으면 속마음으로 바랐습니다.

몇 년 전, 제주 생태보육협회 주관으로 아이들에게 사라져가는 전통문화를 체험하고 문화의 참된 가치를 느낄 수 있도록 단오 축제 한마당을 벌였었습니다. 잊혀가는 단오명절의 유래와 의미를 새기고 전래놀이, 세시풍속 같은 체험의 축제였습니다. 지난날 설, 추석과 함께 명절로 여겼으나 이제는 지역마다 축제의 형태로 바뀌고 있어 아쉬워합니다. 잊혀가는 전통문화를 알리고 이해하는 자리가 돼 보람을 느꼈답니다. 아이들은 유전성이 있어 고유의 놀이나 세시풍속을 처음 접해도 거부감없이 즐깁니다. 애들이 우리 문화에 대한 자긍심을 갖도록 하는 일은 어른들의 몫이지요. 이날 행사장에는 떡메치기, 수리취떡 만들기, 먹거리 마당과 단오선·단오부채 만들기, 창포물로 머리 감기도 했었답니다. 세시풍속 체험마당, 사방치기, 널뛰기, 투호, 공기놀이, 망줍기 같은 전래놀이 한마당이 펼쳐져 아이들은 신나고 어른들을 흥겹게 했답니다. 어떤 이는 단오는 아이들에게만 낯선 것이 아니라 어른들의 기억에도 사라져가고 있다고 합니다.

단옷날 오시午時는 가장 양기가 왕성한 시각으로 여겨 농가에서는 약쑥, 익모초를 캐고 그늘에서 말려두기도 했습니다. 이날 뜯은 풀은 약초가 된다며 쑥 삶은 물로 목욕을 하거나, 새벽 상춧잎에 맺힌 이슬을 받아서 분에 개어 얼굴에 바르면 피부가 고와진다고 믿었습니다. 대추의 풍년을 기원하는 뜻으로 단옷날 대추나무 가지 사이에 돌을 끼워 넣는 습속이 있었고 이를 대추나무 시집보내기라고 전해 옵니다. 단오 행사는 북쪽으로 갈수록 번성했고 남쪽으로 올수록 추석을 큰 명절로 여겼습니다. 강릉에는 추석, 설보다 더 큰 명절이 단오입니다. 음력 5월 5일 단오제가 열립니다. 유교식 제례, 무당굿, 탈놀음, 민속놀이와 난장이 어우러진 행사입니다.

2005년 강릉의 단오제는 세계 무형문화유산 제13호로 등재됐습니다. 우리 민족의 전통, 민속축제의 원형을 간직하고 있습니다. 유네스코가 지정한 인류 구전·무형유산으로 매우 뛰어난 작품이라 합니다.

잊혀가는 명절 단오, 강릉 '세계무형문화재'가 거듭나길 소망합니다.

호국 보훈의 달

6월은 나라와 겨레를 위해 목숨을 바친 순국선열과 호국영령의 숭고한 희생정신을 기리는 달입니다.

나라를 위해 목숨을 바친 선조 열사 순국선열, 호국영령 이분들의 희생이 없었다면, 우리나라는 존재하지 않았을지도 모릅니다. 6월 중 1일~10일은 추모의 기간, 11일~20일은 감사의 기간, 21일~30일은 화합과 단결로 나눠 기간별로 호국 보훈 행사를 진행합니다.

6월 1일은 의병의 날로 나라를 위해 스스로 목숨을 바쳐 싸운 그들의 역사적 가치를 일깨워 애국정신을 계승하고자 한 날입니다.

6월 6일을 현충일로 정한 것은 24절기 가운데 하나인 망종에 제사를 지내던 풍습에서 유래됐습니다. 고려 현종 5년 6월 6일에 조정에서 장병의 유골을 집으로 보내 제사를 지내도록 했다는 기록이 있습니다. 현충일 기념행사는 국가보훈처 주관이며 서울에서는 국립묘지에서 지냅니다. 이날은 조기를 게양하고 대통령 이하 정부 요인들과 국민이 국립묘지를 참배하고, 오전 10시에 사이렌이 울리면 순국선열을 위해 약 1분간 묵념을 합니다. 현충일은 1953년

휴전이 성립된 뒤 3년이 지나 어느 정도 안정을 찾을 무렵 정부가 1956년 4월 「관공서 공휴일에 관한 건」(대통령령 제1145호) 및 「현충 기념일에 관한 건」(국방부령 제27호)에서 「현충 기념일」로 제정됐으며 1965년 3월 30일 「국립묘지령」에 의거 연 1회 기념식을 거행하게 됐습니다.

현충일은 국가 공휴일로 지정된 날이며, 호국영령의 명복을 빌고, 순국선열과 전몰장병의 호국정신을 추모하는 날입니다. 그날 전국적으로 오전 10시, 1분간 묵념 사이렌이 울리면, 국가를 위해 목숨을 바친 분들께 묵념합니다. 조의를 표하는 날로, 태극기를 달 때는 세로 한 뼘만큼 내려 조기를 게양합니다. 10일은 민주 항쟁 기념일로 민주주의 시작을 알린 날로 1987년 6월 10일부터 약 20일 간 진행된 반독재, 민주화 운동입니다. 민주주의를 외쳤던 함성이 전국에 울려 퍼진 날이기도 합니다.

국가 공휴일로 지정되진 않았지만, 한국 전쟁은 1950년 6월 25일 새벽, 한반도를 가로지르는 38도 선상의 전선에서 북한이 선전포고 없는 남침으로 시작됐습니다. 그로부터 2일 후인 6월 27일 유엔 창립 후 최초로, 침략당한 한국을 돕기 위한 유엔안전보장이사회의 결의로 유엔군이 참전하게 되었지요. 유엔군의 일원으로 참가한 국가는 전투 참가 16개국, 의료지원 5개국, 물자와 재정지원 39국, 지원 의사 표명은 3개 나라입니다. 그중 많은 인원을 동원했고 피해를 본 국가는 미국으로 참전 병력 485만 명, 전사자 3만 3천 명, 부상자 468만 명이 희생됐습니다. 당시 전투에서 전사하거나 전상자가 많은데 우리는 그 은혜를 잊고 있지 않은지 돌이켜 볼 일입니다. 그 은혜에 감사하고 보답해야 한다는 생각입니다. 소년 학도병들의 죽음도 잊지 말아야 합니다. 그들이 싸워야 했던 불행한 시대가 다시는 반복 하지 않기를. 우리는 그들의 희생을 토대로 행복하게 살고 있습니다. 53년까지 전쟁이 치러졌고, 휴전됐습니다. 전쟁을 통해, 많은 사람이 죽거나 다쳤고, 가족들을 잃은 참담함은 이루 말할 수 없습니다.

6월 29일은 제2연평해전 추모일입니다. 이날 오전 10시 무렵, 서해 북방한계선, 연평도 서쪽 해상에서 일어났습니다. 연평해전은 북한 경비정이 북방한계선을 넘어와 한국 경비정에 기습 포격을 한 사건입니다. 교전은 약 25분 만에 끝났지만, 우리 해군 6명이 전사하고, 19명이 부상했습니다. 북측의 사과와 재발 방지를 요구했지만, 당시 북한의 답변은 듣지 못했습니다. 국방을 지키다 돌아가신 제2연평해전 전사자들을 추모하며, 그들을 잊지 않아야 합니다. 어떤 이들은 파병도 하지 않고 참전국의 병력을 철수하라는 시위까지 하고 있으니 그들은 대한민국의 국민인지 의심스럽습니다. 이제는 전장에서 포로가 돼 아직도 돌아오지 못하는 미송환 국군 포로 문제를 우선 해결해야 합니다. 가슴 아픈 일입니다. 그들이 생을 마감하기 전에 조국의 품으로 올 수 있게 해야 합니다. 정부와 국민이 해야 할 역사적 사명이자 책무입니다. 매년 6월이면 우리는 짙어가는 녹음을 바라보며 살신성인의 정신으로 나라를 지키다 돌아가신 순국선열과 호국영령들의 숭고한 애국애족 정신을 기리고 있습니다.

6월 한 달 동안 모두가 보훈 의식과 호국, 애국정신을 다시 고취시키는 기회가 됐으면 합니다. 호국보훈의 달은 나라를 위해 목숨을 바친 순국선열과 호국영령의 숭고한 희생정신을 되새기며, 추모하는 달로 경건하고 엄숙하게 지내야 합니다.

호국 보훈의 의미를 되새겨봅니다.

작품 평설

김길웅
(수필가 · 문학평론가)

작가의 순직한 인품이 빚어낸
결이 고운 경어체 수필
-제4수필집《마음속 댓돌》을 통해 본 문두홍의 작품 세계

東甫 김길웅 (수필가·문학평론가)

1.

수필만큼 작가를 진실되게 투영하는 장르는 없다. 작가의 삶, 심성, 인격과 교양, 사고 체계와 철학 등이 작품 속에 고스란히 담긴다는 의미다. 작가를 가장 적나라하게 드러내는 문학이라면 제일 먼저 수필을 꼽는다. 그만큼 작가를 닮은 장르는 없다. 수필은 1인칭 주관의 문학으로 작가 자신, 곧 '나'를 서술하는 나의 이야기다. 따라서 수필을 읽는 것은 딱히 말해, 그 작가를 만나는 가장 직접적인 통섭의 행위라 할 것이다.

더욱이 문두홍 수필가(이하 존칭 생략 문두홍)의 경우는 수필에 그의 삶의 궤적이며 그가 영위해 온 인생의 뒤꼍이 고스란히 녹아 있음을 실감하게 된다. 험난한 세상을 살아감에 조금의 동요도 없이 본연의 마음자리를 유지한다는 게 녹록지 않은 현실임에도, 문두홍은 시종여일 생활에, 말과 행동에 항상성을 지닌다. 오랫동안 가까이서 교유해 오지만, 그가 버럭 화를 내 감정의 균형을 깨트리는 일을 목도한 적이 단 한 번도 없다.

속된 빗댐일지 모르지만, 평자는 그러한 그를 일러 '법 없이 살 사람'이라 말함에 주저하지 않는다. 설령 상대에게 조금 밀리거나 밑지면서도 그러려니 하는 게 어디 쉬운 일인가. 하지만 엷은 미소를 띠거나 무덤덤한 얼굴로 응대하는 문두흥의 사람 됨됨이에 신실한 미더움을 간직해 온 터다.

이 글의 글제를 '작가의 순직한 인품이 빚어낸 결이 고운 경어체 수필'이라 한 소이다. 거듭 말하거니와 이런 연유에서 문두흥의 수필은 어휘 사용에서 문장의 이음새며 구성 전개에 이르기까지 시종여여해 그 결이 곱다. 볕 좋은 봄날 살랑거리는 훈풍을 온몸으로 쐬는 느낌이 그러하리라.

또 이번 작품집에 수록한 54편의 작품 중 37편이 '경어체'라 눈길을 끈다. '~입니다' 체는 상대를 높임으로써 친밀감을 끌어내는 데 유효한 문제로서 효능을 지닌다. 1인칭 주관의 문학인 수필에서 특히 그 호소력이 극대화된다. 그만큼 독자를 작품 속으로 유인해 공감대를 형성하는 마중물 구실을 충실히 해내는 것이다. 작품에서 달아나는 독자를 글 속으로 끌어들이는 것은 작가로서 이미 절반의 성공을 거둔 것에 다름 아니라는 얘기다. 한두 편 혹은 서너 편 섞이는 예는 있으나, 작품집의 대부분을 경어체로 채운 경우는 흔치 않다. 문두흥 작가의 이 시도가 나름의 성과를 거두게 되기를 기대하는 이유다.

팔순을 살아온 경륜으로 사람을 존중하고, 생명을 존엄시하는 사상이 무르익어 이제 경지에 이르렀음을 알게 한다.

천산만학에 가을이 짙어가는 이즈음이다. 단풍으로 곱게 채색해 더욱 융융한 문두홍 문학의 숲속을 소요하며, 가을의 정취를 만끽했으면 한다.

2.

집 안으로 들어서려면 반드시 댓돌 위에 신발을 벗어 놓은 뒤 난간을 거쳐야 합니다. 댓돌 위에는 짚신, 검정 고무신, 흰 고무신, 운동화, 검정 구두가 옹기종기 일렬횡대로 늘어선 모습은 마치 신발 매점을 연상케 합니다.

밭에서 날이 저물어 석양이 내려앉을 무렵, 일을 끝내고 문간으로 들어섭니다. 댓돌 위엔 저녁 햇살에 날아가던 참새들도 머물다 쉬어 가는 곳, 혹여 알곡이 있는지 두리번거리며 살피는 모습이 안온합니다. 댓돌은 애환을 알고 있는 듯 묵묵히 세월을 받아낸 낙수의 결마저 간직하고 있답니다.(중략)

어머니는 집 나간 자식 흉몽이라도 꾼 날 아침 돌소금 한 줌 댓돌 주변으로 뿌려놓으시곤 합니다. 아랫목 이불 속에 밥그릇이 따뜻해야 객지 자식도 배곯지 않는다는 믿음, 신발이 가지런해야 어디를 가든 발걸음이 어긋나지 않는다는 확신, 그것은 어머니 혼자 불변의 다짐이었습니다.(중략)

큰 건물의 댓돌은 마당에서 기단으로 오르는 계단입니다. 낮은 곳에서 높은 곳으로 오르는 것을 도와주는 디딤돌이지요. 불국사 연화교에 디딤돌마다 연꽃이 새겨진 까닭은 그 위가 부처의 세계라는 암시입니다. 진흙에 뿌리를 내린 채 티 없이 향기를 피우고, 물 위에 잎을 펼쳐도 젖지 않는 연화처럼 청정한 세계로 걸어가라 합니다.

-〈마음속 댓돌〉 부분

단지 표제작이라는 상징성으로 지나쳐선 안 된다. '댓돌'에 대한 인식이 그러하거니와 집의 구조적 의미에서 발단한 조그만 사유가 범위를 확대하면서 그것을 화자의 마음속에 깊이 품었기 때문이다. 댓돌이 자그마치 제주 초가의 한 풍경으로 자리 잡고있는 것 또한 그냥 간과할 것이 아니다.

댓돌은 마당과 툇마루의 경계이면서 그 길목에 놓여야만 하는 긴요한 요충이다. 비 오는 날 툇마루로 올라서면서 신발에 묻은 흙을 털도록 조악한 돌을 깔아, 제주 현무암이 생활 속으로 뿌리내린 자연스러운 모습을 꺼당겨 주는 그것 아닌가.

댓돌이 홀연 불국사 연화교의 디딤돌 계단으로 놓이더니, 밤이면 도량이 부처님처럼 정靜하다 하여 좋지 않은 기운을 달빛에 우려낸다 하고, 잠 속에서도 생의 무게에 신음하는 숨소리마저 달빛에 씻어낸다 했다. 댓돌이 머금은 비롯함과 머묾, 거기 고여 있는 존재의 의미까지 끌어내었다. 아침엔 신발을 꿰는 새로운 시작이고, 댓돌 위에 지난 삶이 살아있고 돌아봄과 되새김이 머무는 곳 그리하여 들뜬 걸음이든 비루한 걸음까지도 댓돌에 닿아야 멋는다고 했다.

문두흥의 댓돌은 마당에 박힌 무심한 돌이 아니다. 부처의 경계로 진입하는 계단이요 삶의 시작점이고 도달점이라는 새로운 존재 개념으로 형상화했다. 수필에서 만나기 쉽지 않은 메타포다. 이는 문두흥의 시적 감성이 천착해 낸 것으로, 족히 사유의 유현한 깊이를 가늠케 한다.

놀라운 것이 댓돌의 존재 태態를 몇 번 열거하면서 점층적 심화로 나아가고 있는 것으로 이 작품을 보다 높은 층위에 올려놓는 데 성공하고 있다.

올곧은 화자의 심성이 감성과 결합하면서 댓돌에 무늬로 아로새긴 표현의 결이 참 곱다.

아내가 과수원에 갔다 저녁 늦게 들어오는 날은 대문간을 발이 닳도록 들락거립니다. 혹여 무슨 일이 일어났는지 불안했던 것 같습니다. 늦게 들어와도 꾸중하지 않습니다. 며느리에 대한 사랑도 남달라 이웃에 자랑도 자주 했었습니다.(중략)

명절이 가까우면 아들, 며느리, 손자들이 내려옵니다. 언제부터인지 모르나 가족들이 오는 시간이면 대문 앞에서 기다립니다. 어머니 생각이 떠올라 가슴이 뭉클합니다. (중략)

대문은 열리기 위해 존재합니다. 열리지 않는 대문은 대문이 아니라 벽이죠. 닫힌 대문은 그 무엇도 받아들이지 않겠다는 단호한 몸짓이며, 열린 대문은 모두를 반긴다는 환영의 언어입니다. 수많은 인연을 만나고 떠나보낸 대문을 볼 때마다 내 마음을 생각해 봅니다. 대문을 통해 맞이한 것은 무엇이며 떠나보낸 것은 얼마인지. 여태껏 어떤 대문으로 살았길래 아직도 삐거덕거리는 걸까.

-〈대문 앞에서〉 부분

대문은 가족이 거주하는 집이라는 건축물의 주된 출입구다. 가족이 수시로 나고 들고, 방문객도 자신이 찾아왔는지를 알리기 위해 일단 멈추게 되는 그 지점이다.

문두홍은 과수원에서 늦게 돌아와 어르신에게 꾸중을 듣지 않을까 저어해 서성거리던 아내의 모습을 대문에서 기억해 내고 있다. 은연중 섣불리 드나드는 곳이 아님을 암시하면서 조신하던 아내의 몸가짐을 은근히 드러내려 한 의도로 보인다. 명절 때면 내려오는 손주들의 발걸음 소리에 귀 기울이며 가슴 두근거리던 어머니, 어머니 생각에 가슴 뭉클하던 곳이기도 하다.

이런 회상을 오늘에 소환하다가 화자는 이내, 그의 예민한 감성이 특유의 비유로 치환된다.

"대문을 나설 땐 집안을 두루 살핀 뒤 조심스럽게 닫습니다. 말없음표로 서 있었지만 닫는 순간 마침표가 됩니다.", "마음의 대문을 여는 열쇠는 배려와 용서입니다." 조심스레 닫을 때를 말없음표라 하더니, 닫는 순간 마침표가 된다 한 표현은 예사롭지 않다. 비유가 참신할 때라야 읽는 이를 빠르게 공감대로 끌어들인다. 문두홍의 비유는 대상에 대한 사유의 조각들을 주섬주섬 모아 놓은 공동집합으로 유다르게 섬세하고 민감하다.

'진실로 자기 삶의 생생한 사실적인 이야기'라는 데 있습니다. 대화의 문학으로 '하나의 완결된 이야기'가 아닙니다. 완결되지 않은 채 시도하는 대화의 문학입니다.

대화의 배경에는 침묵이 흐릅니다. 침묵을 배경으로 하지 않는 대화는 그 깊이를 상실한 언어의 나열로 소리일 뿐입니다. 남을 불편, 불쾌하게 하거나, 반발을 일으키게 해서는 대화 본래의 목적을 상실하게 됩니다. 수필이 대화의 문학이란 점에서 수필 문학의 어려움이 있지 않은가 합니다. 수필에서 대화는 작가가 경험한 현실적 이야기이며, 꾸민 이야기가 아닙니다. (중략)

수필은 자아의 고백, 자조自照, 자기 성찰의 문학입니다. 진실한 자기 삶의 생생하고 사실적인 이야기로서 축복, 존엄, 행복, 슬픔, 외로움, 소외감 같은 걸 표현합니다. 걸림 없는 마음으로 내가 살아온 삶, 살아나갈 지혜를 찾아가는 것입니다.

-〈수필을 쓰면서〉부분

수필을 쓴다고 양수겸장으로 이론까지 겸비하기는 결코 쉽지 않다. 하지만 문두홍은 다르다. 이 작품에 나타난 정치精緻한 이론을 통해 그가 수필에 대한 문학관을 정립하고 있는 작가라는 사실을 인식하게 될 것이다. '생각나는 대로, 붓 가는 대로'라는 초기 이론에서 떠나 수필개론 수준을 훌쩍 뛰어넘게 적립된 안목에 놀라움을 금치 못한다. 더욱이 수필은 '대화의 문학으로 그 배경엔 침묵이 흐른다.'고 한 것 그리고 '걸림 없는 마음으로 내가 살아온 삶, 살아나갈 지혜를 찾아 나가는 것'이라 한 수필관에 이르러 새삼 수필에 대한 정론正論과 정필正筆을 돌아보게 한다.

또한 인간미를 주제로 다루는 테마의 문학이라거나, 좋은 수필을 읽으면서 '부끄러움', '사랑을 매개로 한 관계'와 '존재의 의미'를 생각한 또 다른 지평을 열게 하는 '문학'이라 설파하고 있다.

등단 십수 년 글쓰기를 온전히 수필에 의탁해 오며 작품집이 무려 네 번째다. 그 치열성이 양질의 작품과 이론을 꿰차게 했을 것이다.

10여 년 전 아내와 감귤밭에서 구슬땀을 흘렸던 일이 엊그제인 듯 선합니다. 해마다 감귤나무는 죽고 있어 한계점에 이른 것 같습니다. 70년대 감귤밭을 조성할 무렵 젊은이는 30대, 나는 불혹의 나이에 시작했지요. 나무가 20년 될 무렵 정년퇴직할 때는 이순이었습니다. 과잉 생산하며 감귤값이 하락하자, 제주도와 농업기술원이 품종 갱신으로 만생종 재배를 권장했었습니다. 참여 농민에게 정부 지원 자금과 저리로 은행 융자를 해줬고 젊은이들이 많이 동참했지요. 당시 노인들은 영농 후계자가 없어 참여하지 못했고 지금도 노지 재배를 합니다.

그래도 뒤돌아보면 고생은 했으나 경제적으로 큰 도움이 됐고, 애들이 객지에서 공부를 할 수 있었습니다. 학비 때문에 남에게

사정해 본 일은 없었지요. (중략)

10월의 가을도 깊어가고 한 해를 돌아보는 시간입니다. 단풍잎
이 물들수록 가을이 익어갑니다. 가을 국화 향기 서서히 물들면
기다리던 그리운 사람을 만나고 싶습니다. 창문을 두드리는 노란
옷을 갈아입은 단풍잎, 그 잎 떨어지면 겨울이 서서히 다가옵니다.

<가을과 인생> 부분

드물게 계절을 소재로 하고 있지만, 행간을 읽어 보면 순수하게
계절이 아닌, 계절에 결부된 인생임을 알게 된다. 표면적으로는 감
귤 재배를 하면서 해마다 수명이 한계점에 이르러 죽어가는 감귤나
무를 말하면서, 내면적으로 험난한 역정을 넘어 온 자신의 인생을
암시하고 있음이 읽힌다는 의미다. 말미에서는 가을이 깊어가는
10월에 자신의 인생의 가을을 느끼면서, 기다리던 그리운 사람과
만나고 싶다고 했다. 나이 들면서 늘그막에 느끼게 되는 황혼 의식
일 것이다. "가장 소중한 사람이 곁에 있다는 것은 행복입니다."라
한 대목에서 문두흥의 내자에 대한 간곡한 사랑의 마음을 은근슬쩍
담아낸 기미機微를 훔쳐보는 묘미 쏠쏠한 것이다.
이 대목에 이르렀으니, 남의 품을 빌리지 않고 감귤밭을 부부의
힘만으로 해온 화자 내외의 금슬지락琴瑟之樂을 밝혀도 좋으리라. 문
두흥은 성실한 독농篤農이면서 주변에 알려진 따뜻한 애처가다.

좋은 우리말이 있는데도 보편화 경향성을 내세우며 외국어로

표현합니다. 이를테면 '마음'이란 우리말을 마인드, '비대면'을 언택트, '통합 돌봄'을 커뮤니티 케어, '관찰'을 모니터링, '도덕적 의무'를 노블레스 오블리주 같은 용어를 거리낌 없이 씁니다. 이는 혹여 자기 과시가 아닌가 하는 느낌이 들 때가 있습니다. 공동주택이나 여러 세대의 이름도 외래어로 래미안 슈르, 힐스 데이트, 그린 파크. 휴먼시아, 메타폴리스 같은 명칭입니다. 상점이나 음식점 같은 곳도 마찬가지입니다. 더구나 우리말에 앞장서야 할 관공서의 동사무소 명칭 '주민센터', 센터는 외래어로 어떤 활동의 중심부입니다. 동장의 명패는 주민센터장이 아니라 '동장'이라 쓰여있습니다. 통치권자의 권한이라 하겠지만 지나친 감이 있습니다.

-⟨한글의 위대함⟩ 부분

우리말이 특히 서구어 계의 외래어(실은 우리말로 귀화한 게 아니므로 외국어)가 과도하게 쓰여 잡동사니가 다 돼 가고 있다. 순우리말을 쓰면 저급하고 외래어를 쓰면 학식이 깊고 고급한가. 어렵고 난삽한 한자어를 쓰는 것을 현학衒學 취미로 사대주의적 발상이라 한다면, 요즘의 외래어 사태는 그야말로 신판 사대주의라 해야 마땅할 것이다.

한글을 사랑하는 사람이라면 문두홍이 마음 깊이 품었다 내놓는 '예시'에 박수로 공감할 것이다. 핵심을 질러 말한, 주민센터라 고쳐놓고 '센터장'이라 않고 '동장' 명패는 그냥 둔 것, 앞뒤가 맞지 않으니. 이런 소극笑劇이 없다. 이게 우리말의 현주소 아닌가.

우리말의 순화에 앞서야 할 국가 지도자가 오히려 거침없이 외래어를 사용하니 유구무언이다. 문두홍의 우리말을 향한 소망의 목소리에 귀를 기울이게 한다. "순수나 모방이 아닌, 조화의 광장에서 우리의 말과 글이 보편적 세계상을 지니도록 하는 일에 모두 힘을 보태야 합니다." 무릎을 치게 하는 고견高見이다. 적어도 글을 쓰는 작가라면 이 한마디 진언에 긴장해야 하리라.

어떤 일을 잊지 않고 머릿속에 새겨 두거나 다시 생각해 내는 것을 '기억'이라고 하지요. 기억은 과거입니다. 기억은 우리 머릿속에 남아 기록이 됩니다. 사진이나 영상 또는 글처럼 명확하게 남는 것은 아니지요. 뇌 어딘가에 신호로 저장될 것입니다. 재미있는 것은 이런 기억이 100% 정확하진 않다는 것입니다. 기억은 시간이 지남에 따라 희미해 갑니다.(중략)

이처럼 기억은 불안정하고 불확실합니다. 인간의 기억 수십 개보다, 반듯한 종이에 적힌 글자가 더 그럴듯하고 확실한 것으로 믿습니다. 인간이란 얼마나 의존적인가를 알 수 있습니다. 인간의 기억을 담당하는 뇌도 나이가 들면 쇠약합니다. (중략)

기록은 다릅니다. 또한 인간은 기록을 통해 기억을 떠올릴 수 있습니다. 기억과 기록은 상반된 것이 아닌, 보완적인 관계입니다. 내가 남기는 글들은 기록이 되어 나 그리고 누군가에게 또 다른 기억으로 전해질 수 있는 것입니다.

−〈기억과 기록〉 부분

기억을 오래 남을 수 있도록 기호화한 장치가 기록이고, 그것이 극대화해 오랜 시간 속에 축적되면서 흘러온 게 인류의 역사일 것이다. 평자는 이 글을 대하면서 문두홍의 수필 쓰기가 소재 선택에서 상당히 자유자재한 경지에 도달했음을 알아차린다. 실제로 기억과 기록을 소재 삼아 수필을 쓰기는 쉽지 않다. 흔히 소재가 없어 못 쓰겠다고 말하는데, 그럴진댄 이 작품이 답이라 하고 싶다. 소재라 하기에 황당한 것을 글감으로 글을 쓰면 의외로 짜릿한 쾌감을 맛보는 수가 얼마든지 있으니 하는 말이다. 다만 그런 경우 중요한 것은 작가의 주관이 뚜렷이 서 있어야 한다는 것이다. 이 글을 서슴지 않고 풀어갈 수 있었던 것은 바로 화자의 내면화된 주견主見이다. 그래서 논조가 명쾌해 풀어감에 거침이 없다.

나뭇잎은 제때 떨어져도 낙엽이 되거나 바람에 날아갈 뿐입니다. 나뭇잎의 소임은 가지에서 아름답게 피어나고, 오래도록 매달려 있어야 풍성한 나무의 위상을 자랑합니다. 다른 나뭇잎들이 떨어진다고, 비바람에 진다고 일부러 추락할 필요는 없습니다. 끝까지 잘 견뎌 어린잎들이 가지를 뚫고 나오며 그때 자리를 물려주면 됩니다. 특이한 그 나무는 아마 어린 잎들이 치열하게 밀고 나올 힘을 선물하려고 좀 더 오래 매달려 있는 것 같습니다.(중략)

산수를 넘기면서 언제까지 걸을 수 있을지 자신도 모릅니다. 얼마나 더 걸을 수 있을는지는 나의 의지에 달려 있습니다. 걸으면서 인내를 배우고, 꿈을 키우며 행복을 찾으렵니다.

－〈견디는 힘〉 부분

조락의 계절, 낙엽을 응시하면서 나뭇잎의 소임을 생각하는 한때의 명상에 몰입해 있다. 오래 매달려 풍성한 나무의 위상을 과시할 수 있게 하는 그것들의 책무에 닿으면서, 사유는 어느덧 산수에 이른 자신에게로 빠르게 전이된다.

매일 이른 아침에 애향운동장을 부부가 함께 걸으며 운동한다는 화자다. '얼마나 더 걸을 수 있을까.'라고 낙엽에서 문득 노쇠한 자신과 대면했으리라. 그러나 문두흥은 평생을 일관해 남다른 의지로 달려왔다. 자신에게 주문이라도 걸었을까. 다시 불끈 몸을 파도처럼 일으켜 세우고 있다. "걸으면서 인내를 배우고, 꿈을 키우며 행복을 찾으렵니다." 자신과 주고받은 자문자답이면서 자신에게 거는 확신이고 확약이다.

세월을 딛고 서서, 나이를 초극하려는 의지가 행간으로 넘쳐난다.

조선 시대 청렴의 상징인 김정국은 "두어 칸 집에, 두어 이랑의 전답, 겨울 솜옷과 여름 베옷이 각각 두어 벌, 서적 한 시렁, 거문고 한 벌, 차 다릴 화로 하나, 나귀 한 마리." 이렇게 있으면 족하다고 했습니다. 선비라는 이름 하나로 분수를 지킨 어른이지요.

분수를 아는 사람은 오래 살아도 싫어하지 않고, 짧게 살더라도 더 바라지 않습니다. 시간은 멈추는 것이 아님을 잘 압니다. 그런 분은 모든 것이 찼다가 기운다는 것을 예견합니다. 얻어도 기뻐하지 않고, 잃어도 걱정하지 않습니다. 분수를 아는 사람은 항상 자기 욕심만 채우려고 하지 않지요. 그 대신 무형의 진리, 세계의 창고를 채우려고 힘씁니다.

-〈분수에 맞는 삶〉 부분

문두흥은 좀처럼 자신을 내보이려 않는다. 그가 평소 겸양의 덕을 지켜온 사람임을 익히 알고 있다. 자신을 가식해 포장하거나 과장하거나 과시하지 않는다. 이 글에서처럼 그런 그의 겸손의 미덕을 대하게 되는 것은 오히려 자연스러운 것이다.

한평생 청빈하게 살았던 옛 선비를 통해, 평생 실천해 온 안빈낙도의 삶을 제시했다. 그냥 간과해서 안될 게 있다. 그게 바로 화자의 실천 강령일 것이기 때문이다. 분수를 아는 사람은 자기 욕심만 채우려 않는다. 대신 무형의 진리, 세계의 창고를 채우려 애쓴다고 했다.

'세계의 창고'라 한 말에 눈이 머문다. '인생철학'의 다른 표현이 아닌가. 물질적으로 풍요로운 삶 속에서 정신적 결핍에 허덕이고 있는 이 모순과 역설의 시대에 우리가 목마른 게 철학이다. 곧 화자가 갈구하는 무형의 진리다. 문두흥의 사유는 상식의 수준을 넘어 심층 깊은 곳에 숨어 있는지도 모른다.

마음 비우는 일입니다. 비울수록 가볍고 비워야 들어갈 자리가 넓어집니다. 갖고 싶은 좋은 것을 봤을 때 지나치게 탐내거나 누리려 한다면 좋지 않습니다. 이웃과 함께 오순도순 지내면 아름답습니다. 남의 허물은 덮고 다독거리고 잘못은 다듬는 일은 고치는 일이 올바른 삶입니다. 작은 일에 응어리진 삶이 되기 전에 먼저 풀어야 합니다. 세상에 태어났음을 탓하지 말고 헛되게 살았음을 부끄럽게 여겨야 하지 않을까요. 자기 삶에 알맞게 살아야 이웃이 살갑게 다가옵니다.

- 〈새해의 바람〉 부분

일 년 전 신축 원단에 자신을 삼가서 내 몸은 내가 지킨다고, 제 몸 하나 추스르지 못하면 아무 쓸모도 없다고 아내와 오르막길을 걸으며 자신에게 엄중히 맹세한다. 행여 어긋날세라, 혹여 사소한 언행일지언정 흐트러질라 자신을 살피고 돌아보리라는 다짐이다. 올바른 삶을 살겠다는 성찰의 의지가 글 속으로 쟁여지고 있다. 그의 수필을 읽으며 바위틈을 흐르는 석간수의 청량감을 맛보게 되는 이유가 여기 있는 게 아닌가. 혼탁한 세상에 문두흥의 청정한 삶이 더욱 돋보이는 작품이다.

자연계에 살아있는 나무를 사람의 손에 의해 만들어낸 예술 작품이지요. 오늘의 사회와 문제점을 분재와 비교해 봅니다. 오랫동안 분갈이하지 않은 위험한 현실입니다. 그럭저럭 잎이 나오고 꽃이 핀다고 살아있다는 자만에 빠졌습니다. 이럴 때 사정없이 분갈이해야 합니다.

현재 우리 사회를 분재에 비유한다면, 모든 조직은 뿌리로 가득한 상태라는 느낌이 듭니다. 정부나 자치단체나 모든 사조직이 그렇지 않은가 합니다. 묵은 뿌리와 가지를 쳐내야 새로운 나무가 됩니다. 새로운 잎과 꽃을 피우게 하려면 오로지 관리자의 몫으로 그 책임이 큽니다.

-〈사람과 분재〉 부분

분재를 가꾸는 손길은 애정을 기울이는 가운데 정성스럽고 섬세해야 한다. 웃자라는 가지를 손질해야 하고 뿌리를 솎아 주는 건 기본이다. 수형을 만드는 데 욕심내는 것은 외양을 꾸미려는 분재의 심미적 욕구에 쏠린 나머지 생명을 외면한 거짓부리로 허세다. 지도자는 분재를 가꾸듯 민생을 위해 자신의 역량을 쏟으면서 나라가 직면하고 있는 민생의 현실에 다가가야 한다. 뿌리를 과감히 정리하지 않으면 썩는다.

인재를 고르고 조직을 살리는 일을 분재에 빗댄 것은 탁견이 아닐 수 없다. 사리에 맞는 정한 이치는 누구에게나 울림을 준다. 다름 아닌, 수필이 우리에게 일렁임으로 오는 감동이 그것이다.

전봇대는 이 시대 가장家長의 모습을 닮았습니다. 그가 둘러멘 덩치 큰 변압기는 버릴 수 없는 목숨과 같습니다. 열 손가락 벌려 붙들고 있는 전선은 가족입니다. 그의 삶은 평생 인내로 시작해서 그 모습으로 삶을 마무리 짓습니다. 어린이들이 들길을 지나다 장난삼아 뜬금없이 전봇대를 향해 돌멩이 던지기 놀이를 합니다. 이따금 전등을 깨는 경우를 볼 수 있습니다. 웅덩이에 무심코 던진 돌이 개구리에겐 생사의 갈림길이 되듯 말입니다. 전봇대에 까닭 없이 아랫도리를 걷어차는 사람, 늦은 밤 술 취한 남자들이 체면도 없이 그 주위에 볼일을 보는 이도 볼 수 있지요. 지나던 강아지도 한쪽 뒷다리를 들고 일을 봅니다. 그래도 불평 없이 묵묵히 제 임무를 다합니다.

-〈전봇대〉 부분

문두홍은 사물에 대해 예리한 통찰력을 지녔다. 이 작품에서 '전봇대는 잎사귀 하나 달지 않은 콘크리트 나무'라 하더니, 이 시대의 가장家長의 모습을 닮았다고 비유한다. 변압기를 둘러멘 모습과 손가락 벌려 붙들고 있는 전선을 가족으로 바라보면서 문득 전봇대에서 한 집안을 짐 지고 있는 가장을 연상했음직하다. 존재에 대한 놀라운 접근이고 사물에 대한 재해석이다.

주변의 힘든 일을 깜냥으로 묵묵히 다해내는 전봇대를 살아있는 하나의 생명으로 바라보았다. 더욱이 취객이 실례하는 대목, 강아지가 한쪽 뒷다리를 들어 일을 보는 데도 한마디 불평 없이 받아들인다고 한 장면묘사에서 실실 웃음이 나온다. 수필 속에서 만나는 점잖은 해학으로 주목하게 하지 않는가.

덧붙이고 싶은 것이 있다. 문두홍은 수필 구성에서 수미상관의 기법을 어김없이 구사하는 작가다. 작품마다 그 결말에 눈이 머물게 한다. 이 글도 예외가 아니다. 얼마나 인상적인가, "전봇대의 인내심, 많은 느낌으로 다가옵니다."

3.

문두흥은 2009년《한국문인》으로 등단해 2013년에 '대한작가상'을 수상한 중견 수필가다. 창착욕이 사뭇 치열해 그동안《돌아보며 내다보며》,《내려오는 길》,《돌확의 추억》 3권의 작품집을 상재한 데 이어 이번이 4권째다. 근간에는 2년에 한 번 출판하는 열정을 보인다. 늘그막에 기력이 떨어진다면서도 신체적 열세를 극복하는 결기에 감탄하지 않을 수 없다. 이러한 식을 줄 모르는 창작열이 연암 박지원 문학예술상 본상과 송강 정철 문학예술상 본상을 수상하는 영예를 누리게 했다. 문두흥의 끊임없는 노력이 거둬 낸 빛나는 결실이다. 박수를 보낸다.

문두흥은 제주지방 제1의 유력지인「제주일보」에 시론을 집필하고 있다. 독자들로부터 좋은 반응을 얻고 있는 것 또한 그의 수필 쓰기와 무관하지 않을 것이다. 소재에 대한 빈틈 없는 탐구, 섬세한 구상과 유효 적절한 어휘 선택 그리고 세상사에 대한 예리한 관찰을 통해 얻어 낸 확고한 주관 없이는 불가능한 일이다. 아마 문두흥처럼 노년을 글쓰기에 매진하며 인생을 즐겁고 행복하게 살아가는 이도 그리 많지 않을 것이다. 작가정신의 진정한 발현이 아닌가 한다.

"수필은 인간학이다.

인간 내면의 심적 나상을 자신만의 감성으로 그려내는 한 폭의 수채화다. 한 편의 수필에는 자신의 철학과 사유, 과거와 현재의 행적, 미래를 예시하기 위해 독자와의 공감대를 형성할 수 있는 메시지가 담겨 있어야 한다." 수필가 윤재천 교수의 말이다.

문두홍은 독자와의 소통을 위해 자신의 벽을 허무는 데 주저하지 않는다. 독자에게 다가가기 위해 글을 쓰는 데 혼신을 기울이는 흔치 않은 작가 중의 한 사람이라 단호히 말하고 싶다. 작가와 독자, 양방향의 유대가 좋은 수필 혹은 잘 쓴 양질의 수필을 거둬들이게 했으리라는 유추에 이르게 되는 이유다. 어간의 여러 문학상 수상이 거저 주어진 것이 결코 아니잖은가.

나는 평소 잘 쓴 수필과 좋은 수필을 굳이 판별해 온다. 잘 쓴 수필은 정교한 표현이 수사적 쾌감을 만끽하면서도 은연중 기교에 흘러 미문美文에 기울 수 있는 개연성을 기울 수 있는 것이다. 작가의 인간성이 다소 위축될 수 있다. 그러나 좋은 수필은 비범성이 있으면서 주제 의식이 보다 선명해 잔잔한 흐름 속에 감동의 너울이 일렁인다. 이렇게 시처럼 무언가를 생각게 하면서 작가의 인간성이 배어있는 글이어야 한다는 것이다. 굳이 양자의 우열을 대비하려는 게 아니라 보완적 교섭이 이뤄졌으면 기대 심리에서 하는 말이다. 단언커니와 문두홍은 잘된 수필과 좋은 수필, 양자를 잘 아우르는 수필 쓰기에 진입해 있다고 해도 좋을 것이다.

문두홍의 수필은 가을볕에 잘 익은 과일처럼 과육이 충실하다. 좀 더 빌품을 들인다면 가을걷이를 끝낼 그즈음에 당도했다 해도 좋을 것이다. 워낙 타고난 인품이 올곧은 데다 성실 근면하니 무슨 말을 덧대랴. 조금만 더 애써 자신의 인생을 수필로 마무리한다면, 후배들에게 좋은 수범이 되리라 믿는다.

마지막으로 건강한 가운데 문운이 창대하기를 빌어 드리고 싶다.

마음속 댓돌
문두흥 제4수필집

초판인쇄 2022년 11월 29일
초판발행 2022년 12월 09일

지은이 문두흥
펴낸이 노용제
펴낸곳 정은출판
주 소 서울특별시 중구 창경궁로1길 29 (3F)
전 화 02-2272-9280
팩 스 02-2277-1350
이메일 rossjw@hanmail.net
홈페이지 www.je-books.com
ISBN 978-89-5824-475-2 (03810)

값 13,000원